Disney
TIM BURTON
O ESTRANHO MUNDO DE JACK

A RAINHA DO
HALLOWEEN

Long live the pumpkin queen
Copyright © 2022 by Disney Enterprises, Inc.
The movie, *Tim Burton's The Nightmare Before Christmas*, story and characters by Tim Burton. Copyright © 1993 Disney Enterprises, Inc.

© 2023 by Universo dos Livros

Todos os direitos reservados e protegidos pela Lei 9.610 de 19/02/1998. Nenhuma parte deste livro, sem autorização prévia por escrito da editora, poderá ser reproduzida ou transmitida sejam quais forem os meios empregados: eletrônicos, mecânicos, fotográficos, gravação ou quaisquer outros.

Diretor editorial
Luis Matos

Gerente editorial
Marcia Batista

Assistentes editoriais
Letícia Nakamura
Raquel F. Abranches

Tradução
Gabriela Peres Gomes

Preparação
Bia Bernardi

Revisão
Alline Salles
Tássia Carvalho

Arte
Renato Klisman

Diagramação
Nadine Christine

Dados Internacionais de Catalogação na Publicação (CIP)
Angélica Ilacqua CRB-8/7057

E65r

Ernshaw, Shea

A rainha do Halloween / Shea Ernshaw ; tradução de Gabriela Peres Gomes.
–– São Paulo : Universo dos Livros, 2023.
240 p. (Coleção Long live the pumpkin queen)

ISBN 978-65-5609-370-3
Título original: *Long live the pumpkin queen*

1. Literatura infantojuvenil norte-americana 2. Burton, Tim
I. Título II. Gomes, Gabriela Peres III. Série

23-3857

CDD 028.5

Universo dos Livros Editora Ltda.
Avenida Ordem e Progresso, 157 — 8º andar — Conj. 803
CEP 01141-030 — Barra Funda — São Paulo/SP
Telefone: (11) 3392-3336
www.universodoslivros.com.br
e-mail: editor@universodoslivros.com.br

DISNEY

TIM BURTON

O ESTRANHO MUNDO DE JACK

A RAINHA DO
HALLOWEEN

Autora best-seller do *The New York Times*

SHEA ERNSHAW

São Paulo
2023

Grupo Editorial
UNIVERSO DOS LIVROS

Para os meus pais
— S. E.

"Eu vejo o céu escurecer,

e não há lua a brilhar"

– Sally, *O estranho mundo de Jack*

PRÓLOGO

JACK E EU NOS CASAMOS NO TOPO DA COLINA ESPIRAL, no Cemitério À Beira da Morte, em meio às trevas gélidas da meia-noite. O vento agita as folhas, secas como um esqueleto, e Jack segura minhas mãos macias de boneca de pano. A frieza de seus dedos acalma a agitação que se espalha pelas bordas de minha costura.

O prefeito está diante de nós para celebrar a união, o peitoral largo, o rosto contraído em um misto de euforia espiralada e choro pálido e medonho, enquanto fazemos nossos votos aos moldes sombrios dos antigos costumes. A lua brilha em vermelho-sangue no céu — um bom presságio — e uma espirradeira murcha, colhida em um canteiro de hera venenosa do outro lado da Cidade do Halloween, está presa atrás de minha orelha esquerda — uma tradição que garante uma vida longa e terrível.

Aperto as mãos de Jack com mais força. As caudas de seu fraque preto balançam ao sabor do vento noturno, enquanto meu vestido, ao qual acrescentei um retalho de renda preta na noite anterior, ondula como um fantasma na brisa. Com cuidado, volto meu olhar para a multidão; posso sentir os olhos frios e rancorosos do dr. Finkelstein me observando da primeira fileira, os lábios trêmulos de fúria por saber que finalmente me safei dele de uma vez por todas.

Não sou mais sua criação, penso, as palavras entretecidas ao meu peito.

Mal dá para acreditar que, apenas um ano antes, eu temia passar a vida toda trancafiada no laboratório do dr. Finkelstein, fadada a admirar Jack de longe — amando-o, mas certa de que ele jamais descobriria sobre o anseio que me invadia toda vez que seu olhar vagava em minha direção. Mas, depois que Jack tentou roubar o Natal do Papai Cruel, depois que quase morreu ao se aventurar no mundo dos humanos para entregar nossos presentes sombrios, com Zero conduzindo o trenó de renas esqueléticas — um plano que julguei malfadado desde o início —, eu soube que não conseguiria viver sem ele.

Soube que não passaria mais uma noite sem Jack ao meu lado.

Jack e eu caminhamos em direção ao cemitério sob um céu escuro e salpicado de neve, seus olhos ocos, redondos como a lua, mergulhando cada vez *mais fundo* nos meus. E, finalmente, depois de uma vida inteira amando-o de longe — enquanto meu coração de boneca de pano ansiava para saber como seria ser correspondida —, demos nosso primeiro beijo no topo da Colina Espiral.

O mesmo lugar onde, neste exato momento, estamos lado a lado... de mãos dadas.

O rosto do prefeito gira para trás, um sorriso largo e cheio de dentes à mostra, a gravata aracnídea reluzindo ao luar, e então ele se faz ouvir em meio à multidão e nos declara *marido* e *mulher*.

Jack inclina o corpo para a frente, os olhos marejados, e pressiona a boca, fria como um túmulo, na minha. E é como se minhas costuras estivessem prestes a romper, como se já não fossem capazes de conter essa sensação que me invade por inteiro. Uma sensação tão estranha, desconhecida e peculiar que me deixa tonta. Sinto a cabeça girar, as pernas estremecerem.

Jack e eu estamos casados.

Ele enxuga a lágrima que escorre por minha bochecha de algodão e me olha como se seu próprio peito também estivesse prestes a romper. E, por um momento, sinto que eles deveriam simplesmente nos enterrar ali mesmo, bem no meio do cemitério. Casados e mortos no mesmo dia. Incapazes de conter aquela emoção indescritível, terrível e maravilhosa que inunda nossas pálpebras.

Os temíveis moradores da Cidade do Halloween aplaudem e atiram minúsculas aranhinhas aos nossos pés conforme nos afastamos do cemitério, e a calidez em meu peito se agita como uma colônia de morcegos em busca de uma brecha na caixa torácica para escapar. Como se fossem me partir ao meio.

Agora sou Sally, a Rainha das Abóboras.

E tenho certeza de que nunca mais serei tão feliz quanto agora.

A LINHA DO HORIZONTE DA CIDADE DO HALLOWEEN está pontilhada de estrelinhas, tão diminutas que passariam por um buraco de alfinete e, mais além, do outro lado da praça, as abóboras reluzem em um tom sinistro de laranja-acobreado. Quando vista da casa de Jack, encarapitada no topo da Colina Espiral, a cidade parece diferente — envolta em sombras finas e compridas como dedos. O ar também tem um cheiro distinto, como alcaçuz e asas de corvo e compota de abóbora, muito diferente do odor fétido de cloreto de sódio e álcool isopropílico que permeava o laboratório do dr. Finkelstein, um local que já foi meu lar — mas também minha prisão.

As lembranças se agitam dentro de mim, entrelaçadas com a sensação de alívio absoluto por saber que jamais voltarei a dormir naquele mirante gelado. Que jamais passarei a noite em claro, sozinha em uma cama estreita e puída, espiando a casa de Jack através da janela, sonhando com o dia em que ela se tornaria meu lar.

Parece um conto de fadas daqueles livros de historinhas em que a princesa invade o castelo, mata um dragão-goblin e toma o reino para si. A diferença é que não tenho cabelos dourados nem ossos delicados. Na verdade, não tenho um osso sequer no corpo.

Sou uma boneca de pano que se casou com um rei esqueleto.

Uma boneca de pano que acordou de um devaneio impossível e descobriu que era a heroína de sua própria história — uma cujo final ainda não foi escrito, pois a aventura está apenas começando.

Saio do terraço com vista para a cidade e volto para o quarto que passei a dividir com Jack. Paro diante do espelho alto encostado na parede inclinada, a superfície coberta de ranhuras semelhantes a teias de aranha. Escovo o cabelo com os dedos, ajeitando-o sobre o ombro, as mechas escarlates de um liso tão escorrido que jamais poderiam ser cacheadas, penteadas ou presas com tiaras de morcego. Aliso os retalhos do vestido com as mãos e admiro meu reflexo no espelho: as costuras em cruz ao longo do peito, as linhas do sorriso nos cantos da boca, os pontos que o dr. Finkelstein deu para me fazer inteira. Linha, agulha e conjurações sinistras à meia-noite.

A criação dele, feita nas sombras escuras e úmidas de seu laboratório.

Uma folha seca escapa da costura interna do meu cotovelo esquerdo — meu enchimento tentando vazar — e trato de botá-la de volta no lugar. Preciso remendar as costuras e arranjar mais folhas para o enchimento.

— Já está pronta? — pergunta Jack.

Quando me viro, vejo-o parado na porta do quarto, uma maleta de veludo preto em mãos, os abismos inesgotáveis de seus olhos como sepulturas nas quais eu me lançaria feliz, entregue a uma eterna *queda livre*. Uma aranha — um resquício do casamento — escapole da maleta e corre pela alça antes de despencar no chão e enveredar por uma rachadura. Mais cedo, eu disse a Jack que queria colher ervas no jardim — beladona e espinhos garrafais — para levar conosco como precaução, mas ele me garantiu que isso não seria necessário na lua de mel.

Não vamos precisar de poções e venenos fora da Cidade do Halloween, dissera ele. Não haveria necessidade de envenenar ou condenar alguém a um sono mortal.

Mas não é fácil imaginar um mundo onde tais coisas não sejam necessárias.

Abro um sorriso para Jack — as costuras se estendendo em minhas bochechas — e envolvo os ossos robustos de seu braço com uma das mãos. *Meu marido.* O homem que amei por tanto tempo, um sentimento tão forte que às vezes parecia capaz de me partir em duas. E então, lado a lado, saímos para a gelidez do crepúsculo da Cidade do Halloween.

Chegamos ao portão principal, vigiado por dois gatos de ferro com as costas arqueadas, então Jack o abre e encara a multidão reunida ali — todos ávidos por dar uma olhadinha nos recém-casados — e pigarreia.

— Minha esposa, Sally, e eu estamos a caminho de nossa lua de mel — anuncia ele, escancarando um sorriso. — Estaremos de volta amanhã. Se acontecer alguma coisa, o prefeito vai tomar a frente da situação.

O prefeito, que está ao lado de um dos felinos metálicos, empertiga os ombros enquanto a cabeça rodopia, revelando a boca crispada e os olhinhos tomados de preocupação.

— Será que é mesmo uma boa ideia, Jack? — pergunta, apreensivo. — Talvez seja melhor deixar outra pessoa tomar as rédeas. Ou, quem sabe, devêssemos eleger um comitê. Não sei se sou capaz de tomar decisões se surgir algum assunto importante. Ou talvez você possa adiar a lua de mel para depois do Halloween. Faltam apenas duas semanas — lembra ele a Jack. — A primavera é a época perfeita para viajar, ou, melhor ainda, talvez você possa simplesmente cancelar a lua de mel de uma vez por todas.

— Você vai se sair muito bem — encoraja Jack, dando-lhe batidinhas no ombro.

O rosto sorridente do prefeito se revela por um instante, como se por um segundo ele tivesse acreditado que está à altura do cargo, mas em seguida suas feições rodopiam e dão lugar aos lábios de um azul sombrio, os olhos aterrorizados de preocupação.

Mas Jack não se deixa abalar pela preocupação do prefeito — não é nenhuma novidade — e nós dois abrimos caminho em meio à multidão. Jack aceita os apertos de mão e os votos de felicidade dos moradores que enxameiam ao nosso redor, cada vez *mais perto* — quase nos esmagando, as mãos estendidas para a frente —, para se despedir. Mas eu me retraio; os olhares espetam o linho que me reveste, desfazendo-me um pouquinho por vez. Não estou acostumada a receber esse tipo de atenção, o branco de seus olhos como fantasmas ocos, perscrutando minha alma vazia, julgando, avaliando. *Sally, a boneca de pano, nossa Rainha das Abóboras.* Um pensamento infeccioso se espalha dentro de mim: talvez eles concluam que não sou digna do título. *Uma boneca de pano jamais deveria virar rainha.* Em vez disso, deveria voltar para a escuridão do laboratório do dr. Finkelstein, fria e isolada e sozinha.

Eles olham para mim como se cogitassem me devorar por inteiro.

Alguns deles provavelmente fariam isso sem pestanejar.

Mas de repente há um clarão à minha esquerda e vejo Zero cortar caminho para encostar seu focinho de abóbora brilhante no meu cotovelo. Faço carinho no pelo branco fantasmagórico e sinto o toque suave e transparente, depois acaricio as orelhinhas caídas. O aperto no meu peito se suaviza, e ele abre um sorriso canino. Para Zero, sou a mesma de ontem. A mesma que era antes de me casar com Jack, antes de virar rainha.

Com Zero pairando ao lado, sigo Jack pelo centro da cidade, esquivando-me do restinho da multidão enquanto Tranca, Choque e Rapa — também conhecidos pelo nome deplorável de capangas do Monstro Verde — gritam:

— Vamos sentir saudade, Rainha das Abóboras!

Eles já não usam mais as fantasias de Halloween, deixando suas verdadeiras feições à mostra — que são, de forma um tanto desconcertante, idênticas a seus rostos mascarados — e sorriem como as crianças que são. Ainda assim, um ar astuto e matreiro se esconde por trás daqueles olhinhos brilhantes, mostrando que não são tão dignos de confiança. Mas não é por causa dos sorrisos ou das risadinhas ardilosas que sinto um calafrio percorrer a costura irregular da minha espinha. É pela forma como me chamam: *Rainha das Abóboras*.

É a primeira vez que ouço o título em voz alta, e ressoa nos meus ouvidos durante todo o trajeto até a floresta e o bosque das sete árvores.

— Tem certeza de que é seguro? — pergunto a Jack, seu rosto escurecido pelas sombras dos galhos espinhosos que assomam logo acima.

Não houve o menor sinal de vento durante a caminhada pela floresta, mas agora o círculo de árvores estremece e vibra, como se nos convidasse a chegar mais perto. Jack cutuca o tronco da árvore larga, com um coração perfeito entalhado no meio, tingido de um tom bem claro de cor-de-rosa.

Estamos no bosque das sete árvores que conduzem a sete celebrações, por onde, no ano anterior, Jack escapuliu para a Cidade do Natal para sequestrar o Papai Cruel.

Nunca saí da Cidade do Halloween, nunca me aventurei além de suas fronteiras, então dou uma volta, um pouco ofegante, enquanto admiro as estranhas árvores entalhadas. Cada uma com sua própria porta peculiar.

Um trevo verde de quatro folhas enfeita a árvore do Dia de São Patrício; um fogo de artifício vermelho para o Dia da Independência; um peru marca a porta do Dia de Ação de Graças; um ovo em tons claros para a Páscoa; uma árvore de Natal cheia de penduricalhos e pisca-piscas leva à Cidade do Natal; e, por último, uma abóbora laranja sorridente conduz à nossa casa, a Cidade do Halloween.

Depois de uma pausa, Jack caminha em direção à porta com o coração pintado; há uma caixinha listrada de rosa e branco ao lado do tronco.

— Claro que é seguro — responde-me ele, e a animação é palpável em sua voz.

Ele já esteve em todas as celebrações, visitou todas as cidades, menos essa. Esteve guardando esta árvore só para mim.

— Acho que a Cidade dos Namorados será mais maravilhosa do que todas as outras. E agora vamos poder ver isso juntos.

Ele beija o dorso da minha mão, os olhos fixos nos meus, em seguida abre a porta de coração aninhada no tronco da árvore.

A RAINHA DO HALLOWEEN

Uma rajada de vento sopra lá de dentro, trazendo consigo um leve aroma de biscoitos açucarados e rosas silvestres.

Nunca senti um cheiro tão maravilhoso.

Ainda apreensiva, giro a aliança de casamento — branca como osso — no dedo conforme meu olhar recai nas trepadeiras mortíferas de beladona que adornam as bordas da porta. Para mim, aquela planta significava liberdade, uma maneira de escapar do dr. Finkelstein a cada oportunidade que eu tinha de envená-lo com a flor venenosa colhida no jardim. *Você está livre agora*, trato de me lembrar, porque, por mais que o zumbido da curiosidade martele no meu peito, também sinto o nervosismo das asas de corvo revirar meu estômago.

Mas basta um vislumbre dos olhos descorados de Jack para que os corvos inquietos se acalmem, e os cantos da minha boca se curvam em um sorriso.

— Confio em você — declaro.

Porque confio mesmo, acima de tudo.

Jack assente, enfia as longas pernas aracnídeas pela entrada na árvore e, em seguida, me puxa atrás dele.

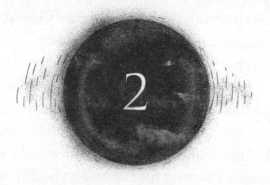

2

MERGULHAMOS DE CABEÇA PELA PORTA, COMO SE apanhados por uma brisa sagrada e, enfim, emergimos do lado oposto, aterrissando na Cidade dos Namorados — um lugar totalmente desconhecido e estranho. Mais do que depressa, tateio as pernas com a ponta dos dedos, verificando se as linhas e costuras estão no lugar, para ter certeza de que nada se partiu ou se soltou, e só então respiro o aroma suave e adocicado de chocolate e rosas. Estamos rodeados por um bosque quase idêntico ao nosso: sete árvores dispostas em círculo, uma para cada feriado. Essas, porém, têm copas densas de galhos altos e ondulantes, com folhas verdes e florezinhas brancas que se soltam e rodopiam para longe a cada rajada de vento. Nada parecidas com as árvores esqueléticas e desfolhadas que povoam a floresta da Cidade do Halloween.

Jack entrelaça os dedos nos meus, com um sorriso curioso no rosto, como se tivesse acabado de dar um susto em um fantasma — um de seus passatempos favoritos. Seguimos pelo caminho sinuoso que desemboca do lado de fora da floresta, bem longe do bosque das sete árvores. Meus dedos resvalam nas rosas carmesins e nas papoulas rosadas que margeiam a trilha, e quando enfim saímos da floresta densa, vejo que não há uma única nuvem no céu, tingido de um tom suave de rosa.

— Aqui é dia — comento, surpresa. — Mas já era noite quando saímos da Cidade do Halloween.

— Cada cidade tem um horário diferente para o sol nascer e se pôr — explica Jack, acenando com a mão em direção ao céu. — É o que chamam de fuso horário.

Aperto ainda mais a mão dele, sentindo-me um pouco deslocada, como se minhas costuras estivessem apertadas demais. Viajar de uma cidade para outra — de um *fuso horário* para outro — me deixa um tanto desorientada, e sinto a cabeça rodopiar, como se eu estivesse prestes a cair.

— Onde fica o cemitério deles? — pergunto enquanto atravessamos uma campina cravejada de rosas, já quase nas imediações da cidade.

O cemitério da Cidade do Halloween fica na fronteira externa, bem perto do portão, onde as vozes ululantes dos mortos ecoam pelas ruas todas as noites. Achei que já teríamos visto um igual a essa altura. Se o cemitério estiver muito afastado da cidade, como é que os moradores vão conseguir ouvir os espíritos atormentados dos mortos?

— Nem todas as cidades têm cemitério — esclarece Jack, com uma piscadela. — Mas veja só quantos corações!

Ele aponta um dedo ossudo para um portão de ferro logo adiante, revestido por centenas de coraçõezinhos forjados no metal prateado. De cada lado do portão há duas cerejeiras em flor, os galhos dispostos — ou talvez podados — no formato de um enorme coração. Por mais bonito que seja, parece estranho e artificial, e fico me perguntando se todas as plantas da Cidade dos Namorados têm formatos tão incomuns.

As árvores balançam ao sabor da brisa, liberando suas minúsculas florezinhas no ar.

— Qual é o significado dos corações? — pergunto.

— Ao que parece, o Dia dos Namorados é uma celebração que acontece todo mês de junho — responde Jack, arqueando os ossos logo acima de seus olhos. — E os humanos se presenteiam com doces e flores e poemas de amor mal escritos.

— Por quê?

— Não faço ideia! — Jack sorri, admirando a cidade. — Mas não é maravilhoso?

E verdade seja dita, a Cidade dos Namorados é mesmo encantadora — ainda que de um jeito estranho e distorcido. Nada de céu coberto de fuligem ou de prédios cambaleantes no horizonte. Nada de esqueletos pútridos ou do brilho sinistro de abóboras no escuro, nada de fantasmas ou demônios caca-rejantes ou ceifadores cadavéricos espreitando nas sombras. Na verdade, não há o menor sinal de escuridão. Tudo brilha e reluz como açúcar de confeiteiro. Até mesmo o ar parece róseo e sonhador, um matiz sutilmente doce, como botões de rosa recém-desabrochados na primavera ou a primeira garfada em uma torta de abóbora.

Tudo parece distorcido, às avessas. Ainda assim, meu olhar passeia de roseira em roseira, meu coração palpitando tanto no peito que chega a causar tontura.

Este lugar é totalmente inusitado, mas inegavelmente encantador. Quando atravessamos o portão forrado de cora-çõezinhos, sinto minhas costuras mais relaxadas, o forro de folhas mortas se acomodando no peito. Uma nuvem encobre o céu acima de nós: uma revoada de pássaros que voa em direção à cidade, escondendo o sol tingido de doce.

Mas quando olho para eles, o cenho franzido para tentar entender seu formato estranho, percebo que não são pássaros.

É uma revoada de criaturinhas semelhantes a bebês.

Cinco deles flutuam sobre nossa cabeça: bochechas rosadas e barrigas rechonchudas, com minúsculos arcos de madeira e flechinhas em formato de coração presas nas aljavas que trazem nas costas, as asinhas brancas batendo para lá e para cá.

— O que é isso? — pergunto.

— Não tenho ideia — responde Jack, sorridente.

Mas eles nem parecem notar nossa presença, ou simplesmente não se importam, e continuam a voar em direção ao aglomerado de prédios reluzentes além.

A trilha de terra batida desemboca em uma viela de paralelepípedos que nos conduz bem ao coração da Cidade dos Namorados. Arregalo os olhos, sem querer perder um detalhe sequer das casas brancas de pedra calcária enfileiradas na rua; elas parecem quase comestíveis, com telhados cor-de-rosa e janelas com moldura de coração. Os vitrais me lembram açúcar derretido, como se uma lambida fosse o suficiente para revelar seu dulçor. Percebo que estou sorrindo tanto quanto Jack, e o encorajo a seguir em frente. Enfim chegamos ao centro da cidade, onde avisto uma fonte de pedra encimada por uma estátua rechonchuda de bebê, idêntico ao bando de criaturinhas que vimos em pleno voo nos arredores da cidade. Inclino o corpo sobre a borda para admirar a água, que reluz em um tom bem clarinho de rosa, nada parecida com a água lodosa da fonte da Cidade do Halloween, e vejo meu reflexo me encarando de volta.

— Acha que dá para beber? — questiono e faço menção de tocar a água, convencida de que terá gosto de glacê e pétalas de calêndula.

Mas, antes que meus dedos possam romper a superfície, uma voz fria e aveludada se manifesta atrás de nós:

— É bom ver dois apaixonados na cidade.

Eu me endireito e olho para cima... cada vez mais... até que, enfim, encontro o olhar de uma mulher ainda mais alta que Jack. Ela é enorme, usando um longo vestido de seda cor de creme, todo bordado com minúsculos coraçõezinhos brancos. Os cabelos são de um vermelho vivo, da cor de morango, presos em um coque que mais parece uma colmeia e adornados com uma presilha dourada de coração.

— Turistas? — pergunta ela em tom vago, tamborilando a longa unha esmaltada nos lábios de botão de rosa.

A pele é de um tom suave de rosa, como se ela tivesse ingerido tantas pétalas de flor que o próprio corpo houvesse começado a mudar de cor.

— Meu nome é Jack Esqueleto — anuncia meu marido, estendendo-lhe a mão. — Sou o Rei das Abóboras, da Cidade do Halloween. E esta é minha esposa, Sally, a Rainha das Abóboras.

— Ah, sim, sim, ótimo — responde a mulher, ignorando a mão dele, como se não tivesse o menor interesse no nosso nome ou no motivo de nossa visita. Parece se importar mais com a própria apresentação, pois trata de anunciar: — Sou a Rainha Ruby Valentino, e esta é a minha cidade.

Ela estende a mão longa e elegante e, com um gesto amplo e floreado, faz uma mesura. Fico maravilhada com tamanha graciosidade, florescendo em confiança. Até as feições de seu rosto são aprumadas, sem uma única sarda fora do lugar. Ela é o retrato da realeza, os modos perfeitos e majestosos, e de repente me sinto deslocada enquanto rainha.

— É a nossa primeira vez na Cidade dos Namorados — conta Jack em tom alegre, os ombros empertigados, imperturbado pelo comportamento majestoso da mulher.

Mas, de repente, Ruby desvia o olhar.

— Argh! — exclama. — Um coração sangrento! Paulo! Paulo, eu avisei que era para arrancar assim que os visse.

Um homem magricela emerge no nosso campo de visão, como se tivesse passado esse tempo todo escondido atrás de Ruby, à espera de suas ordens. Usa avental e chapéu de palha, além de calças compridas e claras, com uma tesoura de jardinagem na mão suja de terra.

Ele enxuga a testa depressa e trata de responder:

— Mil desculpas, Sua Alteza Real, esse deve ter passado batido.

Ruby se inclina para o chão, graciosa apesar do vestido pesado e dos sapatos de salto, e colhe uma única flor com miolo vermelho-sangue que crescia entre as pedras da fonte, mostrando-a para nós.

— Não posso permitir que esses corações sangrentos cresçam tão perto da fonte — resmunga ela, a boca contorcida em um sorriso de desgosto.

Admiro a florzinha de aparência inofensiva, uma pergunta se formando em minha mente como se eu fosse uma criancinha amedrontada:

— Por quê?

Minha voz soa minúscula — fraca, insignificante —, indigna de uma rainha.

Ruby volta sua atenção para mim, seu escárnio suavizando.

— Ora, os cupidos embebem as flechas na fonte.

Ela diz como se fosse óbvio, e eu me ponho a observar a água, a luz cintilando na superfície como minúsculos diamantes rosados.

— Nossa poção do amor vem de uma fonte natural sob a fonte — continua a mulher, antes de arquear as sobrancelhas perfeitamente delineadas para mim. — Se uma flor de coração sangrento se infiltrar na fonte, em vez de se apaixonar, todos os que forem flechados por um cupido no Dia dos Namorados sofreriam de um coração *partido*.

Ela atira a flor no chão e a esmaga com a pontinha do sapato vermelho-pirulito. Quando, enfim, levanta o pé, Paulo — o homem de aparência apreensiva ao seu lado — se lança para a frente e pega a flor espatifada no chão.

— Vou queimá-la agora mesmo — avisa ele, e então sai em disparada.

Ruby abre um sorrisinho, satisfeita, depois volta a sua atenção para Jack e para mim.

— Vocês já sabem onde vão ficar?

Jack solta um pigarro.

— Ainda não.

— Sigam-me — pede ela com um floreio, e a voz soa como uma canção, como se houvesse um pássaro escondido no fundo de sua garganta, enquanto ela nos conduz para longe da fonte.

Passamos por uma cafeteria, o cheiro de assados enchendo o ar, e então por um consultório de dentista com um cartaz no qual se lê: "tratamento de canal pela metade do preço". Em seguida, em letras menores: "ganhe um pirulito para cada dente removido". As pessoas que passam por nós, de olhos redondos e bochechas fartas, parecem estar sempre em pares — braços entrelaçados, segredos sussurrados ao pé do ouvido. Sentam-se lado a lado nas varandas dos restaurantes, rostos colados, beijos plantados em pescoços nus. E muitas delas têm tulipas presas na lapela ou enfiadas com esmero nos bolsos do paletó, ao passo que outras têm flores-do-campo trançadas no cabelo.

O amor está entretecido a cada pontinho da costura desta cidade. Não tem como escapar. E sinto as folhas secas no meu peito inchando e se agitando com a visão de tudo isso.

No quarteirão seguinte, Ruby se detém em frente a um prédio de tijolinhos. Acima de nós, vejo uma placa de madeira oscilante com os dizeres: "Pousada dos Pombinhos".

— Esperem aqui — pede ela, com uma piscadinha, antes de desaparecer pela porta estreita.

Alguns instantes depois, retorna com uma chave de prata na mão.

— Vocês vão ficar em um dos chalés lá nos fundos. São muito aconchegantes e bem equipados. Tenho certeza de que vão gostar.

Jack sorri e pega a chave da mão dela.

— Esplêndido! Muito obrigado.

Ruby ajeita um grampo em seu cabelo avermelhado, depois ergue o olhar em direção ao céu.

— Mais devagar! — berra ela.

Um bando de bebês alados flutua sobre a cidade, bem acima de nós, antes de desaparecer ao longe.

Ruby solta um suspiro irritado.

— Os cupidos ficam tão desobedientes nesta época do ano! Só sabem arrumar encrenca.

Ela me lança um olhar, como se eu devesse saber do que está falando.

— Ficam entediados sem ter o que fazer, apenas esperando o Dia dos Namorados chegar... E aí resolvem sair por aí voando em bandos, praticando todo tipo de travessuras.

Faz uma pausa, depois solta um suspiro rápido antes de continuar:

— Cupidos só prestam no Dia dos Namorados. No resto do ano, só sabem causar confusão.

Ruby me observa com seus olhos cor de chocolate, varrendo-me dos pés à cabeça, como se avaliasse minha aparência pela primeira vez. Em seguida, inclina a cabeça para o lado e apoia a mão delicada no quadril.

— Seu cabelo está um pouco sem brilho para uma rainha — comenta. — Meu cabeleireiro poderia fazer alguns cachos, talvez uma mecha ou duas, para deixar você um pouquinho mais parecida com... — Ela batuca a unha no lábio inferior. — Bem, comigo. — Seus olhos claros e orvalhados se iluminam com um sorriso. — Posso marcar um horário para você, se quiser.

Nego com a cabeça, desconfortável com aquele olhar inquisidor, com a sensação de ser avaliada de cima a baixo.

— Acho que — começo, puxando a costura solta no meu punho esquerdo — não. Obrigada.

Ela dá de ombros e volta sua atenção para a rua, para um casal apaixonado abraçadinho na frente da loja de chocolate; um homem alto e magro de cabelos escuros declamando um poema para um homem de cabelos louros cacheados e sardinhas. Os versos parecem ter sido escritos por ele mesmo, as palavras rabiscadas em um pedaço de papel cor-de-rosa equilibrado na palma de sua mão.

Ruby suspira baixinho, como se estivesse enfeitiçada pela doçura do momento — a ternura entre duas pessoas louca e completamente apaixonadas. Ela enxuga o olho, como se uma lágrima estivesse prestes a cair, depois se vira para nos encarar.

— Digam-me — ela começa, seus cílios esvoaçantes —, por acaso conhecem alguém chamado William Shakespeare?

Jack arqueia os ossos acima de seus olhos ocos.

— Não, sinto muito.

Ruby solta um suspiro longo e pesaroso, franzindo os lábios carnudos.

— Ele escreve sonetos lindíssimos, e tenho certeza de que é meu verdadeiro amor, mas não consigo encontrá-lo de jeito nenhum.

Jack e eu trocamos um olhar. Na biblioteca dele há uma porção de livros escritos por William Shakespeare — histórias lindas, muitas vezes trágicas —, mas são muito antigos, então tenho certeza de que o autor já está morto e enterrado há um bom tempo. Ainda assim, dou a Jack um rápido aceno de cabeça, sem querer ser responsável por partir o coração de Ruby.

— Se o encontrarmos — continua Jack com um sorriso gentil —, vamos pedir que a procure.

— Obrigada.

Os lábios de Ruby se curvam em um sorriso, mas um brilho de tristeza trai seu olhar.

— Espero que aproveitem sua estada conosco. O dia está lindo para passear pela cidade. Não se esqueçam de dar uma paradinha na Delicatessen do Romeu. As lágrimas de caramelo de lá são divinas! Não tem igual.

Não sei o que são lágrimas de caramelo, mas tenho certeza de que o nome do estabelecimento é em homenagem ao personagem da peça de Shakespeare, *Romeu e Julieta*. Um lembrete do homem que Ruby nunca conheceu, mas ama mesmo assim.

Ela se despede com uma mesura rápida antes de dar as costas e seguir pela viela de paralelepípedos. Eu a observo enquanto se demora aqui e ali para conversar com lojistas e moradores e apertar-lhes as mãos, uma silhueta majestosa contra o pano de fundo açucarado e coberto de corações de sua cidade.

Tenho certeza de que não pareço tão majestosa e imponente na Cidade do Halloween.

Sou só um amontoado de bordas macias e folhas secas escapando por costuras soltas. Não tenho nada a ver com ela. A dúvida se crava em mim com uma lâmina afiada.

Talvez eu esteja menos preparada para esse papel do que imaginava.

Mas de repente Jack entrelaça os dedos nos meus, e a empolgação em seus olhos basta para afastar meus pensamentos inquietos. Seguimos pela trilha que serpenteia ao redor da Pousada dos Pombinhos, onde se vê uma dúzia de chalezinhos aninhados entre a grama alta e os pinheiros sussurrantes. Jack enfia a chave na fechadura do quinto chalé, situado bem à esquerda dos outros.

— Quem mais se hospeda aqui? — pergunto, curiosa.

— Qualquer um, acho — responde-me ele. — Os que atravessam as portas de outras celebrações para tirar umas férias ou descansar por um fim de semana.

Quando adentramos o pequeno chalé, somos inundados pelo aroma das velas de jasmim e baunilha e das pétalas de rosa espalhadas pelo piso de madeira.

Jack acomoda nossa bagagem ao lado da cama.

— Por que ninguém visita a Cidade do Halloween? — pergunto, caminhando até a cortina de renda para espiar a paisagem lá fora.

— Não temos pousada. — Os olhos de Jack se arregalam, e o sorriso peculiar se curva para cima. — Mas talvez esteja na hora de abrir uma. O turismo pode fazer bem para a cidade.

Fecho a cortina outra vez, e Jack atravessa o cômodo, pegando minhas mãos nas dele.

— Tem tantas coisas para ver — diz ele por fim, plantando um beijo na minha palma. — E nem um momento a perder.

Agora que deixamos a mala na segurança do chalé, voltamos a nos aventurar na Cidade dos Namorados.

O dia passa como um turbilhão de confeitos de chocolate mergulhados em avelãs e açúcar mascavo caramelizado, framboesas cobertas com chocolate branco e coraçõezinhos perolados com os dizeres: *Amorzinho, Beijos, Meu Par*. Devoramos um punhado por vez, as bochechas coradas de tanto açúcar, o coração descompassado no peito. Passamos até por uma fábrica onde são feitos os corações, pilhas e mais pilhas de caixinhas cor-de-rosa alinhadas nas vitrines, sem dúvida esperando para serem entregues ao mundo dos humanos assim que chegar o Dia dos Namorados.

— Até o ar tem um cheiro adocicado — comento e, enquanto percorremos a rua de paralelepípedos, enfio uma trufa de cereja na boca, sentindo o chocolate se desfazer na ponta da língua.

Jack segura minha mão e me faz rodopiar.

— Eu sabia que você iria adorar tudo aqui.

Penso em como deve ser divino passar o dia à base de bolinhos, caramelos e folhados de gengibre. Chá com biscoitinhos de limão à tarde; trufas de hortelã e café caramelado depois do jantar. Minha mente se deixa levar. Imagino a calmaria induzida por açúcar que me traria sonhos coloridos todas as noites. A vida aqui, na Cidade dos Namorados, sem dúvida seria simples e descomplicada.

Do lado de fora de uma pequena confeitaria — a vitrine repleta de bandejas de biscoitos amanteigados —, vejo uma mulher atarracada pedir uma caixa de merengues ao homem de bigode grisalho na porta, e ao lado dela está um carrinho de bebê todo cheio de babadinhos, ocupado por três bebês aos prantos. Os três são carecas, com exceção de uma mecha de cabelo escuro bem no topo da cabecinha. A pele, assim como a da mulher, é cor de figo, com lábios manchados de um rosa vívido, os dedinhos e os babadores polvilhados de açúcar de confeiteiro.

Chego mais perto e seguro a mão gorducha de um dos bebês, e ele imediatamente agarra meu dedo e aperta, rindo, deixando a gengiva banguela à mostra. Os outros dois param de chorar e me encaram com seus olhinhos arredondados de lua, todos os três me admirando, maravilhados, como se fitassem o céu noturno.

— Muito bem — elogia a mulher atarracada, com um aceno de cabeça. — Geralmente eles só ficam quietinhos depois de um docinho. Mas dá para ver que gostaram de você.

Ela acomoda a caixa de biscoitos em cima do toldo do carrinho.

— Eles são cupidos? — pergunto, querendo entender por que esses bebês estão enfiados em um carrinho em vez de sobrevoar a cidade munidos de arcos e flechas como os outros.

— Serão assim que as asinhas nascerem — responde a mulher, curvando-se para ajeitar a roupinha branca de babados do terceiro bebê. — Que seu dia seja doce — deseja-me ela, sorridente, antes de começar a empurrar o carrinho para longe.

O bebê solta meu dedo e começa a armar o maior berreiro, que logo vem. Mas a mulher continua empurrando o carrinho pela rua de paralelepípedos, cantarolando uma canção doce e açucarada.

Fico me perguntando se algum dia Jack e eu teremos nosso próprio carrinho cheio de esqueletinhos e bonequinhas de pano. O correr de pezinhos pela casa. Garotos esqueletos escorregando pelas escadas em espiral; bonequinhas de pano com as costuras soltas, sempre precisando de um remendo nos pés e nas mãos. Uma pequena família perfeitamente sombria.

Jack colhe uma rosa cor de lavanda e a estende para mim.

— Para a rainha da Cidade do Halloween — oferece ele, inclinando a cabeça de um jeito bobo, como se gostasse de como soa.

Rainha. A palavra reverbera pelas extremidades da minha costura, causando-me um calafrio. Mesmo assim, aceito a flor e a levo ao nariz — pétalas macias e um perfume sedoso de primavera.

Jack entrelaça seus dedos nos meus e me conduz até a rua, para longe do centro da cidade, e por uma trilha sinuosa que atravessa um campo de lírios e desemboca em um rio largo.

Quatro barquinhos de madeira estão atracados na margem, e Jack sobe na proa de um adornado por um coração lilás e, em seguida, pega um remo.

— Acho que não é uma boa ideia — argumento. — Não sabemos de quem são.

— Só vamos pegar emprestado — responde ele com uma piscadela, e não posso deixar de sorrir de volta.

Em seguida, ele pega minha mão e me ajuda a entrar no barquinho vacilante.

Nós nos afastamos da margem e eu mergulho a mão na água, mas a superfície é espessa como lama.

— O que é isso? — pergunto.

Jack desliza um dos dedos sobre o líquido e leva-o à boca.

— Chocolate.

Ele afunda a mão outra vez, depois se inclina para a frente e suja a ponta do meu nariz com um pouco de chocolate derretido. Dou risada e limpo a bagunça, depois pego um punhado de chocolate do rio e jogo na direção dele, que se abaixa bem a tempo, escapando por pouco e sorrindo loucamente. Mas Jack não vê a próxima saraivada de chocolate que atiro em sua direção, e o líquido respinga em seu rosto branco como osso. Uma gargalhada profunda e estrondosa irrompe no meu peito, e chego o corpo para a frente, com uma crise de riso tão forte que tenho medo de rasgar uma das minhas costuras. Jack ainda está rindo quando me espicho sobre o banco estreito que nos separa e planto um beijo no meio da sua boca, saboreando a doçura açucarada do chocolate amargo.

— Obrigada por me trazer aqui — sussurro contra seus lábios.

Ele sorri.

— Podemos passar a vida toda explorando os outros feriados, juntos, como rei e rainha.

E então me beija de novo, os dedos acariciando a costura que se estende pelo lado direito do meu rosto.

Mas a palavra fica presa no meu peito outra vez: *rainha*. Como um espinho espetando minha carne de linho, cada vez mais fundo, cravando-se bem lá no meu âmago. Não consigo deixar isso de lado.

— Ainda não estou acostumada — admito baixinho, recostando-me na lateral do barco.

— Com o quê? — quer saber Jack.

— A ser chamada de rainha.

Ele apoia os remos na extremidade do barco e chega mais perto de mim, deixando a correnteza nos conduzir pelos canais da Cidade dos Namorados, ao longo do calçadão apinhado de cafés e docerias e até mesmo uma papelaria cuja vitrine está repleta de cartões feitos à mão.

— A Cidade do Halloween nunca teve uma rainha — começa ele, acariciando a costura ao longo da palma da minha mão com o dedo ossudo. — Você é a primeira.

Seus olhos escuros e vazios se fixam aos meus, me puxando para perto, e seu olhar me traz mais conforto do que qualquer outra coisa do mundo.

— Agora você é a rainha de todo o Halloween.

Mordisco a lateral da bochecha, depois abaixo o queixo.

— E se eu não souber ser rainha? E se fizer tudo errado? — Lanço um olhar de esguelha para Jack, com medo de encará-lo. — Ruby Valentino foi tão encantadora, perfeita e majestosa, e não sei se consigo ser como ela.

Jack esboça um sorriso, olhando para mim através de seus olhos semicerrados.

— Você não é a rainha da Cidade dos Namorados... É a rainha da Cidade do Halloween. — Ele levanta o queixo e escancara um sorriso. — E, como você é a primeira rainha que temos, pode decidir como quer governar. — Então, beija a palma da minha mão, demorando-se ali por um instante antes de erguer os olhos para encontrar os meus. — Você é a Rainha das Abóboras, Sally. Pode fazer o que quiser.

Assinto com a cabeça, pois quero muito acreditar nele. Preciso acreditar nele. Porque a dúvida corrói meu estômago como os insetos que infestam os cadáveres no cemitério. Parece que vai me dilacerar por dentro.

Jack se aproxima, o barco balançando abaixo de nós, e me beija novamente, a frieza de seus lábios acalmando meus pensamentos inquietos por um instante fugaz. Então ele intensifica o beijo, envolvendo minhas costas com a palma da mão, bem na costura no meio da coluna, e me sinto ancorada nele — meu corpo de tecido interligado ao frio de seus ossos de esqueleto. Seus dedos passeiam por meu pescoço, meu queixo, e sinto que vou rebentar, derreter, me desfazer sob seu toque. Como se ele nunca fosse me soltar. Como se pudéssemos ficar desse jeito para sempre, à deriva em um rio de chocolate.

Tento me convencer a deixar de lado a fixação por quem eu *deveria* ser.

Porque, neste momento, sou apenas uma boneca de pano passeando de barco com o esqueleto que eu amo. Loucamente. Alucinadamente. Flutuando por uma cidade onde meu título não faz diferença. *Rainha, rainha, rainha.* Uma cidade onde ninguém sabe quem sou.

Por fim, Jack afasta sua boca da minha e sinto meu olhar faiscar por trás dos cílios. Quero puxá-lo de volta para mim, dizer a ele para não me soltar, mas o barco foi arrastado para longe e encalhou em um montinho de trufas ao longo da margem.

Jack assume os remos e nos conduz de volta ao meio do rio, onde somos arrastados pela correnteza de chocolate até chegar aos arredores da cidade, serpenteando em uma pequena floresta em tons de rosa.

Eu me recosto na proa do barco, deixando o braço pender sobre a lateral, e observo os movimentos perfeitos de Jack a cada remada, uma gota de suor brilhando em sua testa. Pendo o pescoço para trás e admiro o céu perfeitamente azul, querendo me perder em um devaneio, na ideia tola de que poderíamos passar o resto da vida na Cidade dos Namorados.

Dois cupidos passam voando acima de nossa cabeça, deixando um rastro de coraçõezinhos de purpurina para trás.

Gosto deste lugar, do silêncio desta estranha floresta, onde tulipas cor-de-rosa crescem em abundância sob a copa das árvores, e onde os apaixonados entalharam corações e declarações na casca dos olmos brancos.

Jack & Sally. Para sempre.

Assistimos ao sol se pôr atrás das árvores além da cidade, rosa como algodão-doce, enquanto bebericamos taças de vinho de tulipa macerada. Depois desabamos na cama macia do chalé, rindo, as mãos entrelaçadas, e tenho certeza de que nenhum outro momento poderia ser tão perfeito quanto este. O quentinho no peito, os poemas sem sentido declamados por Jack, que depois ri sozinho. Quero que isso dure para sempre. Quero que sejamos apenas Jack e eu, lado a lado, até o fim dos tempos.

Mas quando finalmente adormeço, tenho sonhos inquietos e estranhos.

Sonho com a Cidade do Halloween tomada por uma escuridão desconhecida. Ando pelas ruas sozinha, lutando para enxergar as construções ao meu redor, chamando Jack, procurando-o na escuridão de nossa casa, no laboratório do dr. Finkelstein, e até mesmo na Colina Espiral, onde demos nosso primeiro beijo. O desespero toma conta, o medo se espreitando por minhas costuras. Estou parada no meio da cidade, e grito.

O eco retumba nos meus ouvidos, no meu peito, e acordo com a coberta puxada até o pescoço. Vejo Jack ainda adormecido ao lado.

Relaxo meu aperto na coberta cor-de-rosa, toda bordada com coraçõezinhos, e me viro para o lado para espiar a janelinha quadrada. Uma luz fraca se esgueira por entre as árvores e se derrama no interior de nosso chalé.

O dia já raiou.

Mas o pesadelo com a Cidade do Halloween — com a escuridão que se esgueirava pelas sombras, um terror se formando em minha garganta — persiste dentro de mim. Inabalável.

Jack se remexe ao meu lado, estendendo a mão para acariciar meu cabelo.

— Bom dia, esposa — cumprimenta ele baixinho.

Eu me viro para encontrar seus olhos, o centro escuro orlado por uma borda de frieza, tão familiares que acho que nunca vou me cansar.

— Bom dia, marido — respondo.

Jack me puxa para mais perto de si, e assim ficamos por um tempo, sua respiração contra minha orelha, e não ouso interromper o momento com palavras. Não vou dizer nada sobre o pesadelo, sobre os nervos à flor da pele remendada. Mas não demora para que os pássaros comecem a cantarolar nas árvores e os sons da Cidade dos Namorados ecoem pelas ruas, quebrando o silêncio de nosso pequeno chalé.

Nossa lua de mel chegou ao fim.

Depois de um café da manhã regado a panquecas com calda de caramelo, Jack pega nossa bagagem e saímos do chalé, seguindo em direção às fronteiras da cidade, de volta ao bosque das sete árvores. Paro por um instante e espio por cima do ombro, o cheiro de biscoitinhos banhados em chocolate ainda pairando no ar.

Estou com a rosa lilás que Jack colheu para mim ontem, mas, quanto mais nos afastamos da Cidade dos Namorados, mais murchas ficam as pétalas. Não vai durar muito tempo. Sem dúvida já estará morta quando chegarmos à Cidade do Halloween.

Uma flor que só sobrevive neste mundo.

— Pronta para ir para casa? — pergunta Jack, todo sorridente, quando adentramos o círculo de árvores.

— Eu queria ficar mais um pouquinho — admito.

Ele abre a porta com o entalhe de abóbora antes de responder:

— Faltam apenas duas semanas para o Halloween. Temos que voltar.

Assinto com a cabeça e me ponho a fitar os galhos uma última vez. O vento arrancou as florezinhas minúsculas e as soltou na calidez da brisa.

— Mas voltaremos outra vez — promete ele, estendendo a mão para mim.

Eu estava tão nervosa com a ideia de sair da Cidade do Halloween, e agora, apenas um dia depois, percebo que ainda não estou pronta para voltar.

Ainda assim, seguro a mão de Jack conforme atravessamos a portinha, um turbilhão de pequenas abóboras girando no meu campo de visão e, no instante seguinte, somos levados de volta para a Cidade do Halloween.

3

— Eles voltaram! — exclama o Príncipe Vampiro.

— Havia quantas bruxas por lá? — perguntam as Irmãs Bruxas de uma só vez, aproximando-se depressa assim que Jack e eu pisamos na praça da cidade. — Elas eram tão horripilantes quanto nós?

— Tinha algum morto-vivo? — murmura o Menino Múmia por entre as grossas faixas de algodão, seu único globo ocular piscando.

— Aposto que havia demônios de olhos vermelhos iguaizinhos a mim — comenta o Demônio Alado, com um aceno confiante.

Mas o Garoto Cadáver balança a cabeça.

— Sem chance. Aposto que havia garotas demônios.

Dou um sorriso forçado enquanto os moradores da cidade nos cercam e berram perguntas e mais perguntas, querendo uma descrição detalhada da Cidade dos Namorados. Sinto a cabeça latejar, e tudo que quero é me recolher na escuridão silenciosa de nossa casa no topo da Colina Esqueleto, mas Jack sorri para a multidão.

— Vimos alguns bebês alados — conta ele com uma piscadela, dando tapinhas na careca pálida do Garoto Cadáver.

— Eles tinham dentes afiados? — quer saber o Demônio Alado.

— Ou chifres venenosos? — sugere o Garoto Cadáver.

Mas Jack faz que não com a cabeça.

— Eles são chamados de cupidos, e são responsáveis por fazer as pessoas se apaixonarem.

De imediato, a expressão de todos eles se contorce de desgosto.

— Eca! — exclama o Demônio Alado, mostrando sua língua bifurcada.

— Mas quantos fantasmas tem por lá? — quer saber o Menino Múmia. — Quantas abóboras, cemitérios e perigos rastejantes?

Jack deixa escapar uma risadinha, jogando a palma das mãos no ar.

— Tudo tem sua hora — assegura-lhes ele. — Contarei tudo o que vimos. Mas, por ora, Sally e eu precisamos nos acomodar.

Ainda assim, eles se enxameiam ao nosso redor.

— Rainha das Abóboras! — eleva-se uma voz acima das outras.

Quando me viro, sou surpreendida pelo flash repentino de uma câmera. É o Palhaço, aproximando-se com seu monociclo, com uma câmera posicionada diante dos olhos amarelos enquanto tira outra foto minha e de Jack.

— É para a capa da edição de amanhã do jornal *Fantasmas & Fantoches* — grita ele para nós, a roda do monociclo se engastando brevemente em um buraco na rua antes de se soltar. — Todo mundo quer saber mais sobre a viagem do rei e da rainha.

Jack sorri para o Palhaço e exclama:

— Que maravilha!

Mas a verdade é que me sinto sufocada. Um mar de mãos se estende na nossa direção, agarrando meu vestido, como se eu fosse uma pessoa nova e desconhecida que eles nunca tinham visto. Como se já não fosse a mesma de antes de me casar com Jack. Antes de ontem. Eles se acotovelam para lá e para cá, tentando chegar mais perto, tentando me ver melhor. E odeio a sensação que isso me traz. Sinto que estou sendo *examinada, analisada*. Como se eu fosse uma criatura noturna que caiu em sua armadilha e está prestes a ser dissecada.

Sigo Jack de perto até que enfim chegamos ao portão que leva para a Colina Esqueleto, trazendo a procissão a reboque.

— Jack! — grita o prefeito, à nossa espera no portão de metal, batucando na fita laranja no bolso do paletó onde se lê "prefeito", para que ninguém esqueça. — Temos muitos assuntos a tratar. Faltam apenas duas semanas para o Halloween.

— Mas é claro! — responde Jack. — Venha, entre.

Estremeço e sinto meu estômago despencar. Tudo o que quero é trancar a porta de casa, mergulhar no silêncio e ficar a sós com Jack. Mas lá está o prefeito atrás de nós, mal conseguindo passar a cabeça cônica pela porta, enquanto vários outros o seguem, incluindo as Irmãs Bruxas — Helgamine e Zeldaborn — e o Príncipe Vampiro.

— Sally... Quer dizer... rainha — corrige-se o prefeito, com um pigarro. — As Irmãs Bruxas e o Príncipe Vampiro têm muito a lhe mostrar. Não há tempo a perder.

— Para quê? — pergunto, afastando-me do prefeito na esperança de escapulir por uma das portas escuras e ir para bem longe de seu olhar frenético e giratório.

— Como rainha, está encarregada de organizar a festa de Halloween deste ano. É uma grande honra. Além disso, arranjamos algumas amostras de cortina para você escolher. Esta casa está precisando de uma reforminha.

— E seu vestido novo! — exclamam Helgamine e Zeldaborn ao mesmo tempo.

Engulo o nó espinhoso que se forma na garganta e tateio o punho em busca da costura solta, e então começo a puxar o fio. Cada vez mais. Até que esteja quase todo para fora.

— Não preciso de um vestido novo.

O rosto do prefeito gira depressa, revelando seus dentes afiados e a carranca horripilante.

— Ora, que absurdo. Você é a Rainha das Abóboras agora. Não pode continuar usando esse trapo.

Ele aponta para o meu vestido de retalhos, aquele que foi tão remendado que acho que nenhum pedaço de tecido é o original, ainda inteiro graças à linha preta que o reveste.

— Temos mesmo que mudar as coisas? — pergunto em um fiapo de voz, como o ar que escapa pelas rachaduras em uma noite de inverno.

Como se eu não tivesse certeza de minhas próprias palavras.

— Aliás — continuo —, acho que também não precisamos de cortinas novas.

O Príncipe Vampiro abaixa o guarda-chuva preto — seu escudo contra os cruéis raios de sol — e o fecha antes de caminhar até a janela da frente, tocando as velhas cortinas pretas com a ponta dos dedos finos e soltando um muxoxo descontente. Como se nunca tivesse visto nada tão horrível em sua longa, *longa* vida.

— Bem, talvez a gente possa pelo menos esperar até amanhã — sugiro, recuando em direção à escada em caracol. — Logo cedo.

Não quero um vestido novo, nem cortinas novas, nem cuidar dos preparativos de uma festa. Só quero passar mais um tempo a sós com Jack, fingir que estamos de volta à Cidade dos Namorados, à deriva no rio de chocolate, seus olhos fixos nos meus, trazendo-me uma sensação de segurança, de estar em casa, sem nenhuma das obrigações que nos esperam aqui.

Mas o prefeito descarta minha ideia com um aceno da mão.

— Nada disso, não há tempo a perder.

E, antes que eu tenha chance de protestar, ele volta sua atenção para Jack, que já começou a descer o corredor em direção à biblioteca, murmurando baixinho enquanto folheia os pergaminhos com diagramas e os planos para o próximo Halloween, cada vez mais próximo.

Jack já mergulhou de cabeça no trabalho.

Agora que estou a sós com as Irmãs Bruxas e o Príncipe Vampiro, acho que consigo dar cabo do meu plano de fuga — esgueirar-me para a cozinha, ou até mesmo para um armário, onde vou esperar escondida até que todos tenham ido embora. Por horas ou dias a fio, se for o caso. Uma rainha escondida em sua própria casa. Mas Helgamine, a mais alta das duas irmãs, agarra meu punho com a ponta dos dedos afiados, beliscando meu tecido com força, e em seguida me arrasta escada acima até o quarto que divido com Jack.

Deixo escapar um gritinho, mas não me oponho a ela.

O sol se põe no horizonte, dando lugar à noite, e a lareira do quarto crepita e cospe labaredas no tapete, enquanto as gárgulas de pedra nos lançam olhares carrancudos do teto. O conjunto da obra faz com que me sinta uma prisioneira dentro de minha própria casa. Confinada pelas irmãs e pelo Príncipe Vampiro, que bloqueiam as escadas.

— Endireite esses ombros — instrui Zeldaborn, embora seja bem mais baixa do que eu, seu cabelo preto ondulado escapando por baixo do chapéu pontudo como um arbusto de amora silvestre. — Isso não é uma postura digna de rainha.

Ela cutuca minhas costelas com seu dedo indicador comprido, a unha tão afiada quanto uma ponta de metal.

— E tem que dar um jeito nesse cabelo — observa Helgamine, juntando-se à conversa, enquanto enrola uma mecha do meu cabelo ruivo escorrido entre os dedos e solta um muxoxo decepcionado. O cabelo dela, pálido como um fantasma, é tão rebelde quanto o da irmã. — Ora, até minha vassoura é mais sedosa do que isto aqui.

As duas cacarejam, desatando a rir com a piada compartilhada. Com certeza houve um tempo em que as Irmãs Bruxas não eram velhas e cheias de verrugas, mas agora estão corcundas, encarquilhadas e macilentas como relíquias empoeiradas. Suas articulações estalam enquanto me rodeiam, a respiração lodosa como um pântano. Ainda assim, elas não têm o menor pudor em apontar meus defeitos, como se eu fosse um caso perdido digno de dar pena.

Helgamine e Zeldaborn nunca tinham me dado atenção antes de me casar com Jack; eu era tão insignificante para elas quanto um escaravelho esmagado sob seus sapatos pretos brilhantes. Mas agora, entre resmungos irritados e risadas abafadas, elas estendem um pedaço de chiffon preto sobre meu torso, depois o prendem em meu vestido de retalhos, como se eu fosse... bem, uma boneca de pano. Acostumada a ser espetada com a agulha.

Elas se afastam para admirar o trabalho, depois voltam a mexer nos alfinetes e a ajustar as costuras.

O Príncipe Vampiro ignora as risadinhas ofegantes e, projetando seu longo queixo cinzento para a frente, se aproxima e coloca um enorme chapéu preto de penas no topo da minha cabeça. Quando vejo meu reflexo no espelho ao lado do armário do quarto, porém, percebo que não é um chapéu — é uma coroa.

O Príncipe Vampiro a ajeita um pouco para a esquerda, depois para a frente, de modo que caia parcialmente sobre meus cílios.

— Hum, queremos que *bocê* se sinta *buito bajestosa*, rainha — diz ele, piscando seus olhos brancos como leite para mim.

Faço careta à menção da palavra — sempre a mesma, *rainha* — enquanto ajusto a coroa no topo da cabeça, mantendo-a longe dos meus olhos.

Mas me sinto uma farsa. E pareço uma.

Zeldaborn e Helgamine cessam as risadinhas para avaliar a coroa.

— Se não tiver gostado das penas de corvo — começa Zeldaborn, lançando-me um olhar curioso —, vi uma gralha estirada na rua esta manhã... tinha acabado de morrer. Ficaria lindo com sua pele clara.

Coço a lateral da coroa, o cabelo preso entre as penas.

— Preciso mesmo usar uma coroa?

O Príncipe Vampiro ofega, depois leva a mão à boca, como se eu lhe tivesse feito uma ofensa pessoal.

— Jack não usa coroa — argumento.

Helgamine e Zeldaborn trocam um olhar rápido agora que o riso morreu, suas verrugas protuberantes reluzindo ao luar que se infiltra através da janela. O Príncipe Vampiro anda de um lado para outro na minha frente, os braços cruzados, a testa cada vez mais franzida.

— As coroas estão na moda para as rainhas hoje em dia.

— Como sabe o que está na moda ou não? — pergunto, sentindo o desconforto crescer dentro de mim, uma coceira na base do pescoço, como se as paredes estivessem encolhendo, chegando cada vez mais perto, e fossem me esmagar até que não restasse nada além de chiffon e asas de corvo.

— Vocês nunca saíram da Cidade do Halloween — continuo, com a voz mais elevada, mais confiante. Mas o cômodo continua a diminuir, e sinto a costura no peito cada vez mais apertada, até que parece quase impossível respirar. — Nunca sequer conheceram uma rainha de verdade.

Eu conheci, penso, mas não digo nada sobre meu encontro com Ruby Valentino, pois não tenho o menor interesse em ser obrigada a usar sapatos vermelhos de salto e um vestido bufante que arrasta pelo chão e varre meus arredores por onde quer que eu vá. Com certeza é pedir para acumular besouros e aranhas na barra, um lugar para os insetos se aninharem e fazerem morada.

— Não preciso dessas coisas — limito-me a dizer, com a cabeça tonta, a garganta seca como se eu tivesse engolido quilos e mais quilos de poeira.

A expressão de Zeldaborn endurece. O queixo de Helgamine vai ao chão.

Com o retalho de chiffon ainda preso ao meu vestido e a coroa de penas de corvo ainda equilibrada na cabeça, começo a me afastar deles em direção à porta, sentindo-me presa feito um pombo em um sótão, as asas inúteis, os olhos desesperados para encontrar uma brecha.

Os três me encaram de volta, perplexos, mas, antes que possam argumentar que isso é tudo para o meu próprio bem, eu me esgueiro para o corredor e desço as escadas, tropeçando nas camadas de chiffon, até chegar à biblioteca de Jack.

No fim do corredor, entro de fininho na biblioteca, respirando fundo.

Jack e o prefeito estão debruçados sobre pergaminhos e diagramas espalhados sobre a mesa bamba de madeira, travando uma conversa rápida, bem próximos um do outro, enquanto Jack usa uma caneta-tinteiro para fazer anotações nas margens dos papéis.

— Talvez seja melhor usarmos o dobro de aranhas este ano — sugere Jack. — Enfiar um punhado em cada canto.

O prefeito assente.

— Teias de aranha sempre fazem sucesso — concorda ele, tamborilando o dedo sobre o tampo da mesa. — E não podemos esquecer que estamos sem milho doce este ano, então vamos ter que arranjar uma alternativa.

Jack se endireita.

— O pântano ainda está com pouca cera açucarada?

— Infelizmente. Mas estamos pensando em fazer docinhos no formato de cabeças de morcego.

Jack esfrega a testa, apreensivo, osso contra osso.

— Temos alcatrão suficiente para isso?

— Vou dar uma conferida com o Ciclope, mas na semana passada ele me garantiu que os poços de alcatrão estão mais cheios do que nunca.

— Excelente — responde Jack, baixando a mão. — Agora, sobre o Lobisomem, ouvi um boato de que ele está com dor de garganta e não sabe se vai conseguir uivar para a lua este ano. É verdade?

O prefeito faz menção de falar, mas entro na sala, interrompendo-o.

— Jack — chamo baixinho. — Preciso falar com você.

Ele se vira e sorri quando me vê, os olhos brilhando.

— Eu... — Adentro ainda mais o cômodo iluminado. — Não me sinto eu mesma em tudo isto...

Levanto as saias do vestido de chiffon preto para mostrar a ele, as camadas fartas como glacê, ou minúsculas teias de aranha, a coroa de penas de corvo tombada para o lado, escorregando pelo meu cabelo liso.

Jack arqueia os ossos acima dos olhos, franzindo a boca para o lado.

— Humm — pondera, e atravessa a biblioteca para tocar um pedaço do tecido preso no meu ombro. — Parece mesmo um pouco estranho. Talvez... — Ele tenta encontrar a palavra certa. — Formal demais? Quem sabe com um tecido diferente?

Engulo em seco e nego com a cabeça.

— Jack, acho que não quero que...

Mas o prefeito me interrompe.

— Eles estão fazendo o melhor que podem com o tecido disponível, Jack. — O rosto do prefeito girou de novo, um emaranhado de dentes irregulares e olhinhos apreensivos. — Ter que cuidar do Halloween e de uma rainha em menos de um mês é muita coisa para a cidade organizar. Já estamos sobrecarregados do jeito que está.

Jack assente.

— Claro, claro, sei que estou pedindo muito a todos.

— Não é o tecido... — começo.

Mas Jack segura minha mão.

— Quero que tenha tudo de que precisa para se sentir uma rainha — declara ele. — Um vestido novo, sapatos novos, o que quiser. Talvez você possa sugerir outro modelo. Ou uma coroa um pouco menos...

Ele bate com o dedo no queixo.

— Não quero *nadinha disso* — interrompo, balançando a cabeça. — Não quero coroa nenhuma.

Ele inclina o rosto para o lado, como se finalmente começasse a entender. Como se visse a preocupação estampada nos meus olhos.

— Jack, faça-me o favor! — pede o prefeito. — Já passou um tempo fora para a lua de mel! Não temos tempo para discutir sobre vestidos e tecidos.

— Claro, claro — responde Jack, acenando de volta para o prefeito. Depois ele se vira para mim, tomando minhas mãos nas dele. — Vamos conversar sobre isso hoje à noite — promete ele, com uma piscadela. — Eu só quero que você seja feliz — sussurra para que só eu possa ouvir, depois planta um beijo suave e doce na palma da minha mão.

Mas logo se volta para o prefeito, retomando a conversa sobre quantas abóboras devem ser esculpidas e quantas velas de cera de besouro devem ser colocadas em cada uma.

Torço os lábios, a apreensão ainda se contorcendo no meu peito, e me esgueiro de volta para o corredor, onde me deparo com as Irmãs Bruxas e o Príncipe Vampiro descendo as escadas.

— Rainha das Abóboras! — chamam em uma voz melodiosa. — Venha ver os sapatos de couro de peixe que separamos para você. O salto é gigantesco e terrivelmente desconfortável! Achamos que vai adorar.

Nem espero que cheguem ao pé da escada.

Nem abro a boca para protestar.

Em vez disso, passo reto por eles e abro a porta da frente, saindo para a luz fraca do entardecer.

4

Tenho que ir para bem longe da Cidade do Halloween.
Para bem longe de todos.
Minha mente se agita com os pensamentos inquietos, borbulhando como veneno deixado para ferver por tempo demais sobre o fogo crepitante. Era isso que eu queria, não? Casar-me com Jack?

Mas nunca quis ser *rainha*. Estava feliz por continuar como uma mera boneca de pano — imperfeita, com algumas avarias. Cabelo escorrido como uma tábua e seco como osso. Uma garota inalterada.

Mas isso também não é exatamente verdade. Nunca estive contente com a minha vida antes de Jack. Nunca satisfeita em continuar trancada no laboratório do dr. Finkelstein. Nunca gostei da ideia de ser *construída*, moldada, costurada por um cientista maluco em um laboratório frio e úmido, em uma noite escura e chuvosa.

Eu queria algo diferente, algo além da vida que me foi ofertada.

Mas, agora que sou rainha, parece que falta alguma coisa para interligar minhas duas vidas, como se a costura não tivesse sido feita com primor. Esfiapada, solta.

Há partes de mim que ainda não entendo muito bem.

A noite lança seu manto pesado sobre a Cidade do Halloween, e sigo apressada por suas margens, atravessando as sombras compridas, sinistras, até chegar ao cemitério. Zero emerge de sua casinha em formato de lápide, os olhos negros como a noite, as orelhas levantadas. Vem correndo atrás de mim — o focinho alaranjado reluzindo em meio ao breu — e, juntos, cruzamos a estreita ponte de pedra, deixando o contorno da cidade para trás conforme adentramos a escuridão da floresta.

Preciso do silêncio do bosque. A brisa fresca da noite me envolve e faz com que eu me sinta segura, protegida, invisível. Uma mera boneca de pano, nada mais.

O dr. Finkelstein vivia dizendo que eu era uma tola sonhadora. Dizia que eu passava tempo demais no jardim ou admirando as estrelas no céu. *Uma garota que vive dentro da própria cabecinha.*

Eu sabia que minha vida iria mudar depois de me casar com Jack — que não seria o típico conto de fadas da princesa élfica que encontra seu príncipe sapo. Mas jamais imaginei que seria *assim*. Que enfim estaria livre das garras do dr. Finkelstein, e ainda assim não me sentiria eu mesma. Uma garota que nunca teve controle sobre a própria vida, condenada a viver confinada pelas mesmas paredes escuras mesmo depois de se tornar rainha. E me pergunto: será que outras rainhas, princesas e duquesas sentem o mesmo que eu? Em outros reinos, outros tempos? Será que já contemplaram o próprio reflexo em lagoas e banheiras quentes e espelhos mágicos e se perguntaram quem haviam se tornado? Para onde tinha ido a garota que fora um dia? Será que também sentem que não passam de meras marionetes, os fios puxados para um lado e para o outro, rasgando-as ao meio? Por acaso Ruby Valentino contempla seu reflexo nas vitrines de uma loja qualquer e não reconhece a mulher que a encara de volta?

— Ainda acha que sou a mesma de antes, não é, Zero? — pergunto conforme nos embrenhamos cada vez mais pela floresta, sob o manto da luz das estrelas e dos galhos a balançar.

O focinho de Zero se acende ainda mais, e faço carinho em seu corpinho pálido e fantasmagórico. Ele é ao mesmo tempo sólido e feito de ar frio do inverno, e às vezes posso jurar que senti suas orelhas sob a palma da minha mão, mas em outras meus dedos parecem passar direto por elas. É como se estivesse e não estivesse aqui. Vivo e morto. E, neste momento, sinto como se fosse o único amigo que tenho — o único que não acha que mudei. Ainda a mesma boneca de linho e costura azulada.

Mas todos na Cidade do Halloween parecem acreditar que virei uma pessoa novinha em folha — uma garota da realeza com cabelos sedosos como uma teia de aranha, com a coluna reta feito a tampa de um caixão e uma coroa de penas no topo da cabeça. Mas não sou nada disso.

Os galhos desfolhados projetam sombras no chão da floresta, compridas como vértebras, e rasgo o chiffon preto estendido sobre meu vestido de retalhos, deixando-o em uma pilha para trás. Atiro a coroa para longe, e ela fica enganchada em um galho de espinheiro, pendurada como uma guirlanda em uma árvore de Natal. Começo a correr, com Zero em meus calcanhares, ávida por sentir o vento frio da noite contra meus retalhos. Ávida por sentir a cidade cada vez mais distante.

O céu está pontilhado de estrelas, diminutas como o buraco de uma agulha, e embora a lua esteja escondida atrás das nuvens, consigo reconhecer a trilha que serpenteia por entre as árvores. Desço por uma ravina, depois torno a emergir do outro lado, onde os galhos se curvam, pesados, como teias de aranha depois de uma tempestade. O ar esfria ainda mais e enfim chego ao bosque das sete árvores, onde Jack e eu atravessamos a porta com o coração esculpido que leva à Cidade dos Namorados.

Parece que meus passos me trouxeram até aqui por acaso, sem motivo.

Zero paira ao meu lado, apreensivo, espiando o caminho de onde viemos. Dá para ver que não gosta de estar aqui, sob a escuridão das árvores, tão afastado da cidade. Mas mesmo assim avanço até o centro do bosque, alisando o tronco de cada árvore com a palma da mão, sentindo os entalhes esculpidos na casca: um trevo verde de quatro folhas, um ovo decorado em tons de rosa e azul. Paro diante do coração avermelhado, a passagem para a Cidade dos Namorados. Eu poderia simplesmente abrir a porta e voltar para aquele reino. Poderia escapar por um dia ou dois, fingir que sou outra pessoa. Talvez até encontre Ruby Valentino e lhe diga que não sei se quero mesmo ser rainha — *que nem sei como agir como uma —*, e então ela vai me dar alguns conselhos para acalmar a dor que dilacera meu peito. Essa sensação incômoda, incessante, de que talvez eu esteja vivendo a vida errada.

Talvez não me encaixe em nenhum desses lugares. Nem nessa vida, nem naquela. Nem como prisioneira no laboratório do dr. Finkelstein, nem como rainha.

Encosto na maçaneta dourada, já sentindo o aroma doce e açucarado, o toque de caramelo e pétalas de rosa, mas de repente Zero solta um latido agudo.

Recolho a mão e me viro para olhar.

Mas não há o menor sinal dele.

O vento sopra por entre os galhos e ele late outra vez, em algum lugar além do bosque. Embrenhado na floresta. Sigo o som, passando por um riacho seco, por um amontoado de folhas mortas de outono, sem trilha para me guiar, e enveredo por uma parte da floresta onde nunca estive.

Uma parte mais obscura.

Uma parte mais silenciosa.

Onde nem mesmo as sombras têm forma. Onde nem mesmo os corvos se atrevem a pousar. Apenas a escuridão vive aqui, na estranha calmaria e quietude dessas árvores desnudas.

A curiosidade vai acabar por lhe trazer encrenca, ou a própria morte, o que vier primeiro, disse-me o dr. Finkelstein certa vez. Era um aviso para não deixar que minha mente inquieta perambulasse por onde não devia. Para ficar quieta, parada.

Mas nunca fui muito boa em fazer nenhuma dessas coisas.

Zero late outra vez, um ganido cheio de empolgação, como se tivesse encontrado um osso podre fresquinho, e sigo o som através de um amontoado de trepadeiras espinhosas. Quando o avisto, porém, vejo que a animação não tem nada a ver com um osso ou uma carcaça; Zero está diante de um aglomerado de amoreiras e urzes. Nada de inusitado. Nada fora do lugar.

— Vamos, Zero — chamo, dando um tapinha na minha perna.

Mas ele começa a chacoalhar as trepadeiras entrelaçadas, mordendo as amoreiras mortas e as puxando para longe.

Chego mais perto e forço a visão para tentar enxergar alguma coisa em meio ao breu, desejando ter trazido uma vela.

E então, finalmente, avisto o que se esconde atrás das estranhas sombras disformes: uma árvore.

Mas não é uma árvore espinhosa qualquer; tem algo esculpido no tronco — um entalhe delicado, igual aos das sete árvores do bosque.

Começo a arrancar os últimos galhos dos arbustos, os espinhos perfurando o linho que reveste meu corpo, minhas pernas, puxando as linhas da costura... mas não paro. Preciso ver. Preciso descobrir o que tem ali.

E quando já arranquei o suficiente das videiras sufocantes que a encobrem, pisco, perplexa. *Concentre-se.* Preciso saber se é real.

Uma lua crescente azul foi esculpida na superfície áspera e desgastada do tronco.

É uma árvore como as outras.

Uma porta.

Uma entrada para outra cidade.

As videiras tomaram a maçaneta — intocada há anos — e tenho que arrancar as gavinhas secas, partindo-as ao meio antes de atirá-las para longe. O som de madeira estalando reverbera pela floresta enquanto Zero paira ao meu lado, orelhas de pé, ansioso para ver o que descobrimos.

Assim que as extremidades da porta estão descobertas, um amontoado de galhos e folhagens espalhados aos meus pés, respiro fundo e alcanço a maçaneta, abrindo a porta devagar.

Sem demora, o vento sopra pela porta oval — uma rajada repentina, como se movida por magia ou maldição — e a escancara. Cambaleio para trás, agarrando uma das videiras para me equilibrar, mas acabo caindo de cabeça em um arbusto espinhoso de sumagre. Ainda desnorteada, afasto o cabelo do rosto e espio a escuridão cavernosa além da porta escancarada.

A RAINHA DO HALLOWEEN

Zero chega mais perto, solta um ganido lamurioso e então se põe a farejar a árvore estranha e desconhecida.

A porta cheira a lavanda, a chá de camomila feito na hora, e meus olhos de boneca estremecem, de repente pesados, como as moedas de prata colocadas sobre as pálpebras dos mortos.

Sinto o puxão leve e sonhador de uma brisa suave. Fácil, tranquila. Como se deitar sobre um montinho de musgo, ou afundar em um porão, em silêncio. Como seria fácil tombar para a frente e mergulhar de cabeça na porta da árvore oca. Pisco os olhos. Passo os dedos pelo batente, sentindo a aspereza do tronco, enquanto o interior escuro me chama. Engulo em seco e faço menção de entrar, uma perna de cada vez, o pescoço esticado para perscrutar a escuridão vazia e infinita... e então Zero puxa meu braço.

Sinto sua resistência, o rosnado baixo vindo do fundo da garganta, mas minha cabeça está imersa no silêncio da porta. No zumbido do vento em meus ouvidos. *Que lugar é este?*, eu me pergunto. *O que me espera do outro lado?*

Zero morde com mais força, puxando o tecido que me reveste, e posso ouvir o rebentar das linhas conforme a costura do meu ombro começa a se desfazer.

— Zero — chamo baixinho, a voz se esvaindo, e *se esvaindo*, da minha garganta, perdida na escuridão cavernosa da porta.

Silencioso e entorpecido. Como um eco reverberando por minha pele. Mas de repente sinto o súbito *pop, pop, pop* das linhas se rasgando no ombro, cedendo, e meu braço se solta do resto do corpo.

Dou um salto para trás e despenco no chão duro e frio com um baque.

Por um instante, o céu é um caleidoscópio de estrelas, os olhos faiscantes, e o ar me escapa do pulmão. Mas, quando pisco e ajusto o olhar, vejo meu braço pairando sobre mim, ainda na boca de Zero. Ele me olha de forma estranha, travessa, e deixa escapar um ganido pesaroso.

Recolho o punhado de folhas secas que verteram do rasgo no ombro e se espalharam pelo chão. *O problema de ser uma boneca de pano: é muito fácil perder suas entranhas.* Mas o frio da floresta percorre minha espinha, um vento que sopra das profundezas entre as árvores, e sou inundada por um pavor súbito — uma pontada de terror. Eu não deveria estar aqui, nesta parte escura e desconhecida da floresta, diante de uma porta aberta e parcialmente escondida.

Zero late outra vez, o som abafado pelo meu braço, ainda preso em sua boca.

Estendo a mão para pegar meu braço de volta, mas ele voa para longe do meu alcance.

— Zero, o que está aprontando?

Eu me levanto com dificuldade, depois avanço na direção dele, que começa a correr pela trilha, como se estivéssemos brincando de pega-pega.

— Zero! — chamo, mas ele se afasta ainda mais depressa pela trilha, disparando por entre as árvores.

Alcançamos a clareira, mas Zero segue em frente, ziguezagueando pelos olmos esquálidos até chegar à orla da floresta. Folhas secas vertem do meu ombro, deixando um rastro atrás de mim enquanto corro. Atravessamos a ponte estreita, cruzamos o portão da Cidade do Halloween, e é só quando chegamos ao cemitério que Zero finalmente solta meu braço no chão frio.

Está com a boca escancarada, a língua pendurada para fora, e solta um ganido animado, mas olho feio para ele.

— Cachorro mau — digo baixinho, da boca para fora, e então me acomodo no sopé da Colina Espiral, onde Jack e eu nos casamos apenas um dia atrás.

Pego o carretel de linha azul e a agulha afiada que sempre carrego no bolso do vestido — já que as costuras velhas vivem rebentando, e nunca se sabe quando isso pode vir a calhar — e começo a costurar meu braço de volta no lugar. Demora mais do que o normal, pois uma parte do linho começou a desfiar e preciso recolher algumas folhas mortas no cemitério para compor o enchimento do ombro. É horrível perder um braço — ou qualquer outra parte —, sentir-se tão desconectada de seu próprio corpo. Não inteira por completo. E sempre desejei que o dr. Finkelstein tivesse escolhido outro material para o meu enchimento em vez de folhas secas e murchas, descartadas pelas árvores. Algodão, talvez, ou pétalas de rosa. Algo sedoso, refinado.

Depois de dar um nó na linha e arrancar a sobra com os dentes, acomodo-me ao sopé da Colina Espiral, a lua cheia no céu, bem depois da meia-noite, e sei que preciso ir atrás de Jack. Preciso contar a ele sobre a outra árvore, a entrada secreta além do bosque das sete árvores. E vou dizer mais uma coisa — que não posso ser a rainha que o prefeito, as Irmãs Bruxas e o Príncipe Vampiro querem que eu seja. Sei o que esperam de mim: uma esposa perfeita, uma Rainha das Abóboras perfeita. Mas isso não tem nada a ver comigo. Contarei a Jack sobre a dor lancinante entre minhas costelas de tecido, e ele verá em meus olhos que preciso que as coisas permaneçam iguais. E então ele vai beijar minha bochecha, depois a mão, e me dizer que vai dar um jeito em tudo. Vai entrelaçar seu dedos nos meus e prometer que tudo continuará a ser como antes. *Para sempre.*

Permito que meus olhos se fechem, saboreando o ar frio da noite contra a calidez da minha pele. Permito-me imaginar que Jack e eu estamos de volta ao chalezinho à beira do rio de chocolate. Apenas nós dois. Sem Irmãs Bruxas, sem preparativos para o Halloween, apenas sua respiração silenciosa em meu ouvido. Só o silêncio, *silêncio, silêncio.*

E nada mais.

Nadinha mesmo.

O DIA COMEÇA A RAIAR, O SOL EMERGINDO COMO UMA abóbora laranja abrasadora contra o horizonte nebuloso.

Acordo com um sobressalto, lutando para ficar de pé. Passei a noite toda fora! Jack deve estar morto de preocupação, perambulando de um lado para outro da casa, sem saber o que aconteceu comigo.

Zero, que deve ter adormecido ao meu lado, rodopia com apreensão à minha volta, e saímos do cemitério, passando pela casa da árvore torta onde Tranca, Choque e Rapa moram. A banheira com pés de garra está acomodada na grama-sanguessuga logo abaixo, mas, quando chego mais perto, percebo que não está vazia. Tem algo ali. Ou, melhor dizendo, tem *alguém* ali.

Tranca, Choque e Rapa — todos os três — estão estirados na banheira branca de porcelana. Olhos fechados. Roncando tão alto quanto os mortos-vivos.

Estão *dormindo*.

Na banheira.

Espio pela borda, curiosa. Já faz um bom tempo que o dia raiou e, a esta altura, Tranca, Choque e Rapa já deveriam estar aprontando todo tipo de travessuras. Não desperdiçam uma hora sequer de confusão, tortura de fantasmas e arremesso de abóboras. Então, por que ainda estão dormindo?

As máscaras de Halloween jazem a seus pés, e vejo a expressão contorcida em seus semblantes — como se tivessem sido apanhados no meio de uma risada, ou de um grito, assim que caíram no sono.

— Choque? — chamo, cutucando-a no ombro.

Mas ela apenas solta um resmungo sonolento antes de se aninhar ainda mais fundo na banheira.

Quando me inclino mais para perto, avisto outra coisa.

Areia.

Os três estão cobertos de areia: no cabelo, nas mangas das camisas e até mesmo nas máscaras. Pode até parecer estranho, mas tudo a respeito de Tranca, Choque e Rapa foge do comum. Que tipo de peças será que eles têm pregado? Será que foram brincar em algum pântano arenoso por aí, e voltaram tão exaustos que mal conseguem abrir os olhos?

O focinho de Zero se agita, mas ele não chega perto da banheira. Assim como quase todo mundo na Cidade do Halloween, ele prefere manter certa distância dos capangas do Monstro Verde.

Deixo o trio adormecido e continuo subindo o caminho de pedra cinza. Quanto mais me aproximo das fronteiras da cidade, porém, mais sinto as folhas em meu peito começarem a entalar na garganta, um nó de nervos, de apreensão, ciente de que, assim que eu for avistada — pelo Garoto Cadáver ou pelo Menino Múmia ou por quem quer que seja —, uma multidão se formará ao meu redor, puxando meu braço já desgastado, tirando fotos desfocadas. *Rainha, rainha*, eles vão gritar. As Irmãs Bruxas e o Príncipe Vampiro vão me arrastar de volta para casa, onde vão continuar espetando e cutucando meu corpo — provavelmente furiosos com minha fuga.

Trato de apertar o passo, torcendo para chegar em casa sem ser vista.

Mas, quando chego na extremidade leste da cidade e atravesso o beco atrás do velho barracão onde o Behemoth fez morada — dormindo em um catre minúsculo entre pás e picaretas do cemitério —, o silêncio chega a ser palpável.

O arrepio de não ouvir nenhuma voz, nenhum passo.

Atravesso as sombras compridas e silenciosas do beco e adentro a praça da cidade.

O ar está perfeitamente parado, silencioso como um necrotério.

Nada de vento uivando através de passagens ocas, nada de ossos chacoalhando na árvore-esqueleto, nada de acordeões ou saxofones retumbando pelas ruas da Banda Cadáver. A cidade deveria estar agitada, fervilhante com a proximidade do Halloween, teias de aranha e fantoches de fantasmas sendo construídos, gritos sendo praticados, lápides esculpidas e caixões retirados do cemitério.

A cidade deveria estar tomada por um coro ululante de movimento.

Em vez disso, porém, parece um lugar habitado pelos mortos. Os de *verdade*. Aqueles que nunca vão ressuscitar.

Zero chega ainda mais perto de mim, como se percebesse que há alguma coisa errada.

Com cuidado, em silêncio, caminho até o centro da praça da cidade. *O que Tranca, Choque e Rapa aprontaram agora?*, me pergunto. Deve ter dedo deles nessa história.

Sinto uma pontada de dor na boca do estômago, onde alfinetes e linhas perdidas se juntam em um emaranhado. Às vezes me cutucam de dentro para fora, um aviso de que há algo errado.

Mas de repente, do outro lado da praça, avisto o Príncipe Vampiro e seus três irmãos vampiros, todos estirados junto da borda irregular da fonte de pedra, os quatro guarda-chuvas preto-avermelhados jogados no chão, ainda abertos, mas sem o menor propósito, pois o sol da manhã ilumina o rosto pálido e delicado de cada um deles.

Corro na direção do Príncipe Vampiro, meus sapatos se chocando contra o pavimento, e me ajoelho para segurar sua mãozinha branca, as unhas afiadas para furar o pescoço das vítimas e drenar seu sangue.

Um ressoar suave escapa de seus lábios, o peito subindo a cada respiração. Ele e os irmãos estão dormindo, assim como Tranca, Choque e Rapa.

Fico confusa, sem saber por que resolveram adormecer justo aqui, sob o sol implacável, mas então avisto uma coisa espalhada sobre as capas pretas: um pó fino que reveste o chão e sua pele translúcida.

Aliso as bordas da capa do Príncipe Vampiro, sentindo os minúsculos grãozinhos que se agarram ao tecido.

Areia.

Igual à que encontrei na banheira de Tranca, Choque e Rapa.

A respiração fica presa no peito enquanto me levanto e dou um passo cambaleante para trás. *Está tudo errado.* Mesmo em um lugar como a Cidade do Halloween — onde a escuridão pode conferir formas sinistras aos objetos mais monótonos, onde há sempre um vento frio a mordiscar-lhe a nuca —, encontrar os Irmãos Vampiros e Tranca, Choque e Rapa entregues a um sono profundo é sinal de que tem alguma coisa *muito* errada.

Como se tudo tivesse entrado pelo cano.

— Por que estão todos dormindo? — pergunto a Zero.

Ele flutua sobre os vampiros e se põe a farejar seus olhos, que me lembram as cortinas escuras fechadas ao final de uma peça. Em seguida, Zero dá meia-volta e corre para perto de mim. A camada de areia, os vampiros adormecidos — tudo isso o assusta por algum motivo. E isso está começando a me assustar também.

Ergo o olhar, soltando um suspiro lento e silencioso, e de repente avisto alguém caído nos degraus da prefeitura.

Ainda não acabou.

Estou começando a desconfiar que, no fim das contas, Tranca, Choque e Rapa não têm nada a ver com o assunto.

Atravesso a praça às pressas e encontro o prefeito meio sentado, um cotovelo apoiado nos degraus de pedra. À primeira vista, parece até estar tomando um banho de sol, deleitando-se com a luz dourada da manhã, mas está com os olhos fechados e o corpo coberto por uma camada fina de areia — igualzinho aos outros. Toco-lhe o braço, com cuidado, e seu corpo pende para o lado, vacilante, como se fosse escorregar escada abaixo, mas então retoma o equilíbrio.

Ainda assim, ele não acorda.

Meus dedos pairam sobre a manga de seu casaco, ávidos por tocar os grãos de areia, pegá-los na palma da mão e sentir seu peso para entender do que se trata, mas algo em mim resiste — grita para eu deixar a areia onde está.

Tem alguma coisa terrível e bizarramente errada.

Encontro as Irmãs Bruxas adormecidas diante do boticário, Helgamine ainda agarrada com a própria vassoura. Nem tento acordá-las. E, de todo modo, nem iria querer.

O Lobisomem está cochilando ao lado da trilha que conduz ao observatório do dr. Finkelstein, e a cada respiração murmura palavras que não consigo entender. Passo reto por ele sem pensar duas vezes, meus pés me guiando de volta ao lugar que já foi meu lar, e abro a porta do laboratório antes mesmo de perceber onde estou. Encontro o dr. Finkelstein sentado à mesa de trabalho, a cabeça inclinada em um ângulo estranho, um tubo de ensaio espatifado no chão, com estilhaços de vidro espalhados ao redor da cadeira. Igor, seu assistente, está encolhido em um dos cantos, rodeado por migalhas de biscoito de osso.

Passo por cima dele e me dirijo à cozinha.

Joia, a esposa do dr. Finkelstein, está deitada ao lado do fogão, onde há uma panela com algo que cheira a tomilho e ovos podres fervendo até transbordar. Desligo o fogo e tento acordar Joia com a ponta do sapato, mas ela apenas ronca de leve antes de retornar ao seu sono incrivelmente profundo.

Sinto um aperto no peito. *Errado, errado, errado*. Está tudo errado.

O dr. Finkelstein vivia me acusando de viver no mundo da lua, de ter uma mente que fantasiava com contos de fadas. Mas também sou uma pessoa prática, lógica. Gosto de ciência e de resultados ponderados. Ainda assim, o que aconteceu com os moradores da Cidade do Halloween, seja lá o que for, não faz o menor sentido. Seja por poção ou magia, algum feitiço estranho colocou a cidade inteira para dormir.

E no entanto, por razões desconhecidas, *eu* continuo acordada.

Zero paira na porta da cozinha, ganindo. Ele não gosta do frio do laboratório do dr. Finkelstein. Não gosta de nada disso. Só quer ver Jack.

Jack!

As folhas secas se agitam no meu peito, e corro para fora do laboratório e atravesso a praça da cidade, com Zero flutuando ao lado, passando por moradores que tombaram, caíram e desmoronaram onde estavam.

Escancaro o portão e corro pela trilha de pedra até a casa. A porta da frente foi deixada entreaberta, e bate contra a parede quando abro caminho. Primeiro procuro no escritório de Jack. Vazio. Os esboços e planos arquitetônicos para o Halloween estão todos espalhados sobre o tampo da mesa; alguns caíram no chão. Dou as costas e subo correndo as escadas em espiral para o nosso quarto, meus passos ecoando nas paredes de pedra.

E, quando o encontro, meu estômago afunda até o chão.

Jack está deitado ao lado da janela aberta que dá para a cidade, os olhos de lua negra fechados, a boca ligeiramente aberta. *Morto de sono.*

Eu me afundo no chão ao lado dele.

— Jack?

Limpo a fina camada de areia que reveste seu semblante frio, tentando conter o choro estrangulado no peito.

— Jack, por favor, acorde!

Eu o sacudo, tocando seu rosto, tentando abrir suas pálpebras à força. Mas ele apenas solta um murmúrio suave, a boca entreaberta.

Uma dor lancinante e avassaladora martela meus ouvidos, e aperto sua mão imóvel. Encontrar os outros moradores adormecidos foi difícil, mas ver Jack ali, imóvel como todos os outros, me faz sentir como se estivesse prestes a explodir

— folhas mortas irrompendo do tecido que reveste meu peito. Lágrimas começam a escorrer pelo meu rosto, caindo no chão em pequenas poças salgadas.

— Preciso que você acorde!

Eu o sacudo outra vez, em desespero, mas seus braços pendem como galhos secos ao lado do corpo.

Zero se aproxima, cutucando a bochecha de Jack com o focinho. Mas não adianta.

Jack está dormindo, assim como os outros.

E não há meios de acordá-lo.

E NXUGO AS LÁGRIMAS DO ROSTO — AS GOTAS IMPREGNADAS na minha pele de linho — e arrasto Jack para a cama, acomodando-o sobre nossa colcha de retalhos preta antes de ajeitar sua cabeça abaulada cuidadosamente no travesseiro.

Zero paira ao lado, sem querer sair de perto dele, e choraminga baixinho enquanto eu me levanto e sigo até as portas francesas que se abrem para o terraço. O ar está estranhamente parado enquanto o sol de fim de tarde lança raios de luz através das árvores desfolhadas. Paro ali, diante do parapeito, e observo a Cidade do Halloween, tentando entender.

Uma frieza se instala dentro de mim, uma dor entorpecente, como passear pelo cemitério e sentir um fantasma desgarrado atravessar-lhe a pele. Jack está dormindo. A cidade inteira dorme. Mas por quê?

Minha mente corre em círculos, tentando repassar os momentos que me trouxeram até aqui.

Todos estavam acordados quando fugi da cidade e me embrenhei pela floresta, ocupados com os preparativos do Halloween. Mas algo aconteceu durante a minha ausência.

Um enigma sussurrado no escuro, ainda cheio de pontas soltas.

Um mistério escondido nos grãos de areia que encontrei em Jack e nos outros.

Mas o silêncio traz outro pensamento a reboque, desleal e traidor, um sentimento profundo que surge de algum ponto desconhecido da minha caixa torácica.

O silêncio da Cidade do Halloween é um alívio.

Existe um prazer incomparável na quietude, na ausência de vozes, na brisa fresca desprovida de qualquer som.

Espio pela porta e vejo que ainda há metros e mais metros de tecidos das Irmãs Bruxas espalhados pelo chão, além de chapéus de asas de morcego e sapatos de salto feitos de ossos de gárgula e couro de peixe fedorento. Ainda consigo sentir as garras de Helgamine repuxando meu cabelo inapropriado enquanto Zeldaborn me espetava com alfinetes de costura, dobrando e ajustando o tecido ao redor da cintura e do peito. Deixando novos furinhos de agulha na minha pele. Ainda posso ver o olhar frenético do prefeito enquanto tagarelava sobre meus deveres como rainha; posso sentir os olhos da multidão enquanto gritam meu nome, puxam meu vestido, disparam um flash de câmera no meu rosto. Tudo isso como uma tempestade de outono se armando ao meu redor. Como se eu pertencesse a eles de repente, uma rainha simbólica para cutucar e tocar.

Mas agora... eles estão todos dormindo, e tudo está perfeita, inesperada e maravilhosamente quieto.

Pela primeira vez desde que Jack e eu voltamos da lua de mel, sinto o coração relaxar no peito e a tensão no meu maxilar diminuir. É como se todas as minhas costuras se soltassem um pouco, como um espartilho sendo afrouxado.

Estou sozinha.

E a solidão parece uma banheira de água quente na qual desejo mergulhar, os dedos dos pés relaxados, as bolhas de espuma se formando e estourando na minha pele exaurida.

Volto para o nosso quarto e recolho os tecidos e os sapatos de salto, depois enfio tudo no armário, tão abarrotado que mal consigo fechar a porta.

A respiração parece se acalmar dentro do peito, de um jeito estranho, repentino. Meus olhos varrem o quarto como se o vissem pela primeira vez — um cômodo e nada mais. Não é uma prisão da realeza.

Confortada pelo silêncio anormal, passeio pela casa silenciosa como um túmulo e aliso o papel de parede de viúva-negra e os candelabros entalhados como o pássaro pega. Preparo uma xícara de chá de erva-trevosa na cozinha, o chiar da chaleira sendo o único som a reverberar pelas paredes estreitas. Acomodo-me na varanda da frente, os olhos fixos na cidade silenciosa, e observo a lua que começa a despontar no céu, um orbe branco como osso. O dia dando lugar à noite.

De certa forma, parece egoísta, criminoso, desfrutar desses momentos roubados de silêncio, até porque Jack está adormecido no andar de cima — a única pessoa que eu gostaria que estivesse ao meu lado, saboreando essa quietude inesperada.

Mas, só por um instante, me permito imaginar como seria andar sozinha pelas ruas, sem ter cada movimento analisado por olhares julgadores, seja o inclinar da minha cabeça ou a curva sombria da minha boca, sem ser chamada pelo título que se crava como um punhal nos meus ouvidos: *rainha*. Eu poderia ler todos os livros da biblioteca de Jack sem ser interrompida, colher ervas do jardim sem receber reprimendas por sujar os sapatos ou o vestido novo de terra. Chega a ser indulgente desejar tais coisas. Ansiar por uma época em que um título soberano ainda não pesava sobre meus ombros como pedras tiradas da fonte.

Mas, encostada na grade da varanda, deixo meus olhos de boneca se fecharem e escuto o eco silencioso que reverbera pela Cidade do Halloween. O balançar das folhas, o silvo do vento frio de outono.

E nada mais.

Por algum passe estranho de mágica, consegui exatamente o que eu queria.

Silêncio.

Ser deixada em paz.

Mas por quanto tempo?

Abro os olhos e respiro a brisa noturna, quando um som chega aos meus ouvidos. Suave e abafado. Forço a visão e consigo avistar, em meio ao breu, a gata preta que costuma vagar pelas ruas à noite. Ela emerge das sombras, esgueirando-se pelas grades do portão de ferro diante da casa, e deixa escapar um miado baixinho. Desço os degraus de pedra às pressas e, quando me ajoelho ao seu lado, ela arqueia as costas, deixando-me acariciar sua pelagem escura como a noite.

— Você estava aqui quando todos caíram no sono? — pergunto em um sussurro.

A resposta vem por meio de um ronronar profundo.

Coço suas orelhas, desejando que ela pudesse me contar o que viu, o que aconteceu enquanto Zero e eu estávamos na floresta. Mas então suas orelhas pontudas se voltam para o lado, o olhar atento fixo na praça da cidade. Ela escutou alguma coisa. *Ou viu alguma coisa.*

Então... eu também escuto.

Um som que começa com um gotejar baixinho, como água escorrendo no cascalho.

Fico de pé. Talvez ainda tenha alguém acordado. Ciclope, ou a Criatura Submarina.

Com cuidado, abro o portão e arrisco alguns passinhos para fora.

O som parece mais próximo. *Shush... whoosh.* Faço menção de dizer alguma coisa, de perguntar quem está ali — quem ainda poderia estar acordado a essa altura —, mas de repente a gata preta se põe em disparada, atravessa o portão de metal, e então desaparece no beco escuro nos fundos da casa.

Meus olhos varrem a praça da cidade, tentando enxergar o que se esconde ali.

Mas as sombras e o vento se juntam para pregar peças em meio à escuridão: uma estátua ou parede entra em foco apenas para voltar a ser engolida pela noite no instante seguinte; um galho se estende como a mão de um gigante sobre a rua. Mas nada disso é real. Não há o que temer.

Mas então...

Alguma *coisa* emerge do canto mais afastado da prefeitura.

A princípio, é difícil descrever, distinguir a silhueta contra o pano de fundo da noite. Tem os mesmos aspectos do luar — pálido e sombrio ao mesmo tempo, como se fosse feito de uma escuridão parcial, aquele momento logo após o crepúsculo. A criatura paira um pouco acima do solo — a trinta ou quarenta centímetros do chão, talvez um pouco mais. Tem formato humanoide, dois braços e duas pernas, com uma barba branca e comprida, longa o suficiente para bater na cintura, e tufos de cabelo branco despontando em desalinho do topo da cabeça. Veste uma túnica cheia de camadas, semelhante a um manto ou uma capa, do mesmo tom cinza-esbranquiçado das nuvens e enrolada de tal forma em seu corpo alto e esguio que é difícil dizer onde o tecido começa e termina.

Ele tem a aparência daqueles velhos sábios que ficam até tarde da noite contando lorotas, ou aqueles que andam — ou flutuam — com a ajuda de uma bengala e gostam de ingerir xícaras e mais xícaras de chá pantanoso enquanto contam as histórias de sua juventude. Mas nada disso transparece em seu rosto.

Ele parece ter acabado de sair do caixão, as sobrancelhas grossas e despenteadas bem juntas, a boca curvada para baixo, com vincos profundos na testa e sombras escuras de meia-lua debaixo dos olhos.

Ele me lembra os mortos-vivos, os recém-ressuscitados.

E de onde estou, escondida nas sombras, penso que talvez ele possa ser exatamente isso. Um dos corpos antigos enterrados no cemitério, ressuscitado antes da hora, antes do Halloween. Um despertar acidental. Talvez tenha aberto os olhos enquanto ainda estava confinado no caixão, forçado a cavar até chegar à superfície. Qualquer um teria uma aparência assustadora depois de se descobrir enterrado a dois metros de profundidade, sem nenhuma escada ou pá à vista.

Suavizo minha expressão — sentindo uma pena repentina do pobre coitado — e observo enquanto ele contorna a prefeitura, aproximando-se da fonte.

Estou prestes a sair do meu esconderijo nas sombras quando percebo o rastro que ele deixa: pequenas partículas que refletem o luar opaco. Como pequenas estrelas cadentes.

Como... areia.

O ar escapa de meus pulmões e me embrenho ainda mais na escuridão do esconderijo.

Areia.

O homem flutuante de cabelos brancos alcança as Irmãs Bruxas, depois se inclina sobre elas, como se para verificar se estão mesmo dormindo. Ele cutuca o nariz de Helgamine com o dedo, depois observa os olhos de passarinho de Zeldaborn, atento ao menor sinal de movimento. Em seguida, enfia a mão em um bolso escondido na parte interna da túnica, infla as bochechas e sopra algo na palma da mão. Uma nuvem de areia branca reluzente envolve o rosto de Zeldaborn, chovendo ao seu redor.

O homem de cabelos brancos se detém por um momento, atento. Mas Zeldaborn não se mexe, não se debate, não acorda: está mergulhada em um sono profundo. Satisfeito, o homem-criatura dá meia-volta e se afasta da praça, flutuando na direção do observatório do dr. Finkelstein.

Tento ficar imóvel, sem deixar escapar o menor som, enquanto o observo desaparecer na escuridão.

Respiro fundo uma vez, duas, sem conseguir tirar os olhos, querendo ter certeza de que ele realmente se foi; então me viro e subo os degraus para voltar para casa.

Todas as linhas ao longo de minhas costuras estão retesadas, o estômago embrulhado e revirado, e subo correndo as escadas em espiral, quase tropeçando no último degrau, antes de adentrar nosso quarto. Zero ainda paira sobre o corpo adormecido de Jack, sem querer sair de perto dele.

Eu me afundo na cama.

— Jack! — sibilo, ajoelhada sobre ele, os braços trêmulos.

Meu olhar se volta para a janela, procurando o homem de cabelos grisalhos.

— Jack! Tem alguma coisa lá fora.

Agarro seus ombros com as duas mãos, sacudindo-o, tentando acordá-lo à força, *implorando*. Mas ele continua inerte em meus braços, depois cai de volta na cama. Seu crânio branco imóvel.

Lágrimas escorrem dos meus olhos enquanto um pânico ardente invade meu peito — uma sensação que começa a se espalhar por todo o meu corpo. *Medo*. E algo além: uma culpa pútrida, terrível, afiada.

Achei que não seria tão ruim deixar todos dormindo por um tempinho. Parecia uma dádiva, como se as estrelas da meia-noite tivessem me presenteado com essa quietude inusitada.

Mas agora entendo.

Ao contrário do que pensei a princípio, isso não foi obra de Tranca, Choque e Rapa.

A Cidade do Halloween está mergulhada em um sono profundo... porque há um monstro à solta.

O JARDIM ESTÁ TOMADO POR UMA ESCURIDÃO INTER-minável. Um breu tão completo e absoluto que se infiltra em cada vão da cerca e em cada folha, caule e espinho sangrento.

    Esperei até o homem de barba grisalha desaparecer na direção do cemitério antes de sair de casa e correr ao longo da mureta de pedra até chegar ao jardim nos fundos do observatório do dr. Finkelstein, mantendo-me fora de vista.

    Sinto o agitar das folhas em meu peito enquanto colho as ervas, ciente de que não tenho tempo a perder. Encho um balde de metal com ginseng, sálvia e bacopá, depois arranco uma muda de raiz-matinal e manjericão-de-café e, quando o balde está cheio, deslizo ao longo da mureta externa do jardim.

    Ainda posso ouvir a criatura ao longe, embora não a veja. A cidade está tão quieta, tão estática, que até mesmo seus murmúrios abafados chegam aos meus ouvidos. Está cantarolando uma música, uma *canção de ninar*, ao que me parece. Suave e cativante. E me pergunto se ele consegue sentir que ainda há alguém acordado na Cidade do Halloween — alguém que ele ainda não encontrou — e está tentando me atrair para o descampado.

Corro de volta para casa — antes que suas palavras persuasivas invadam meus ouvidos e meus pensamentos e me façam esquecer o que preciso fazer — e fecho a porta silenciosamente.

Na penumbra da cozinha dos fundos, onde há apenas um fogão e uma geladeirinha torta, começo a ferver as ervas em uma panela com água pantanosa. Fico de ouvido em pé, atenta ao menor sinal da figura barbada que jaz além das paredes, e mexo a mistura fervente, a cozinha se enchendo de seu aroma forte e inebriante. Depois que as ervas já estão descoradas e a infusão acinzentada adquire uma consistência leitosa, despejo tudo em uma xícara de porcelana e levo em direção ao quarto.

Jack está exatamente como o deixei, inerte na cama, e levanto sua cabeça com a palma da mão, tomando cuidado ao derramar a bebida quente em sua boca, sem querer desperdiçar uma única gota. Depois de esvaziar a xícara, espalmo as mãos em seu peito, esperando que ele acorde, que seus olhos negros sem fundo se abram e se fixem em mim.

— Por favor — sussurro, tão baixinho que sei que ele não será capaz de ouvir.

As lágrimas vertem de minhas pálpebras entreabertas, pousando direto no rosto dele.

— Jack.

Minha voz falha, desesperada, suplicante. Preciso que ele segure minha mão, que acorde e enxugue as lágrimas do meu rosto. Achei que quisesse ficar sozinha, mas agora percebo o problema nisso — a ferida aberta e terrível. Estar sozinha também significa se *sentir* sozinha. Estar em um lugar que deveria estar cheio de barulho e ouvir apenas a expiração suave de sua própria respiração.

Eu estava errada.

E preciso que Jack acorde.

As badaladas do velho relógio de pêndulo ecoam nos meus ouvidos. *Está demorando demais.* As folhas em meu peito se calam, e as agulhas perdidas se fincam nas minhas entranhas.

A poção que preparei deveria ser forte o suficiente para despertar até o mais teimoso dos mortos, então Jack já deveria estar acordado, de olhos arregalados, desde que a primeira gota escorreu por sua garganta.

Mas então, quando mais um minuto se passa e tudo o que o preparo de ervas faz é tingir suas maçãs do rosto de um tom opaco e aguado de rosa, sei que não vai funcionar. Toda a esperança parece se esvair do meu corpo, formando uma poça de sofrimento aos meus pés.

Ele não vai acordar.

Recolho a mão, antes apoiada em seu peito, e me ajoelho no chão, os olhos fixos na janela — a brisa fresca da noite bagunçando as cortinas —, e sinto o medo se esgueirar por entre os meus retalhos.

Se minha poção não acordar Jack, se eu não conseguir desfazer o que quer que a criatura tenha feito a ele e aos outros, então ficarei verdadeira e terrivelmente sozinha.

A canção começa a retumbar mais alto do lado de fora.

Uma melodia sonolenta, infantil, como as cantadas para ninar bebês antes de dormir. Mas é diferente das que cantamos na Cidade do Halloween — sobre fantasmas uivantes e criaturas rastejantes que se escondem debaixo da cama e arrancam seus olhos durante a noite. O monstro, porém, canta sobre nuvens fofas de verão e ovelhas de algodão branco que pastam em campos de centáureas e descansam sob o céu cor-de-rosa cravejado de estrelas.

Eu me esgueiro até a janela do quarto, sem deixar que os sapatinhos se choquem contra as tábuas do assoalho, e espio lá fora. A canção de ninar ecoa sobre os telhados de pedra, aproximando-se como um fantasma sob a pálida luz da lua. Sinto o nó apertar na garganta e, quando faço menção de me virar para Jack, um vulto desliza pela janela do lado de fora. Uma sombra escura como fuligem. Terrível, ligeira e muito próxima.

Aos cambaleios, eu me escondo atrás da cortina, as mãos pressionadas contra a parede atrás de mim.

Mas não fui rápida o suficiente.

Posso ver a silhueta da criatura através da cortina, pairando bem em frente à janela. A areia se derrama dos bolsos de sua túnica, pousando no chão de pedra com um suave estalido. E, pela primeira vez, posso ouvir as palavras por trás de sua melodia sussurrante, lançadas no escuro. *"A noite está quentinha e sonolenta, e o cansaço já bateu"*, cantarola ele. *"Venha me encontrar aqui fora, e o que deseja será seu."*

Agacho-me no chão e cubro os ouvidos com a palma das mãos. Não quero ouvir suas palavras. Não quero cair em um sono mortal como Jack e os outros.

Zero está encolhido atrás da porta do armário e, por mais que eu queira me juntar a ele, tenho medo de ser vista.

"Está tudo bem, não precisa se assustar", sussurra a criatura. *"Estou aqui para distribuir sonhos e raios de luar, charadas e canções de ninar."*

Engulo o medo que ameaça saltar pela boca como uma tempestade de folhas, chicoteando dentro do meu peito. Não posso continuar escondida perto da janela escancarada. Mas, antes que tenha chance de me levantar e correr porta afora, uma rajada de vento se esgueira pelo quarto e traz uma nuvem de poeira a reboque, branca como açúcar de confeiteiro.

Areia.

Ela reveste o chão do quarto, entranha-se no meu cabelo, se aloja nos buracos do assoalho e no fundo da minha garganta. Começo a tossir, sem conseguir me conter, e a criatura logo interrompe seu canto.

Agora ele já sabe: tem mesmo alguém ali dentro.

Ele me encontrou.

Tenho que fugir. *Agora.*

Fico de pé, os sapatos patinando na fina camada de areia. Quase caio no chão, mas consigo correr e abrir a porta do armário. Zero está escondido lá dentro, trêmulo e apavorado.

— Temos que dar no pé! — sussurro para ele.

Seu focinho de abóbora está apagado, mas ele flutua para fora do armário, e juntos saímos para o corredor, descemos as escadas às pressas e seguimos na direção da porta. Agarro a maçaneta e a escancaro, prestes a sair correndo rumo ao crepúsculo, mas vejo a sombra da criatura deslizar por cima de minha cabeça.

Está rodeando a casa, à nossa procura.

As folhas ficam entaladas na minha garganta, ameaçando sair pela boca, e todo o meu corpo estremece de pavor. Tento fechar a porta, mas outra rajada de vento aparece e a escancara com um baque, tão forte que Zero e eu somos arremessados de volta para o corredor.

No instante seguinte, a criatura está na porta... olhando para mim.

Ficamos nos encarando, olho no olho.

"Durma, doce criança, que os sonhos logo virão; seu travesseiro é tão macio quanto uma rosa de algodão." Suas palavras são lentas e arrastadas, tão suaves quanto a ponta dos dedos sobre um pedaço de seda.

Eu me detenho no lugar, as pernas imóveis, enquanto a criatura desliza pela soleira a apenas alguns metros de distância, cantarolando baixinho. Seus olhos estão fixos nos meus, mas parecem brandos: pastosos e macios, menos sinistros do que o esperado. Apenas um velhinho de cabelos grisalhos, entoando melodias para acalmar mentes agitadas.

Um cochilo bem que viria a calhar, penso. Estirar-me no chão do corredor e ouvir a tranquilidade e a calmaria por trás de cada uma de suas palavras lânguidas. Permitir que a cabeça atribulada desacelere e durma por apenas um momento ou dois.

Mas de repente Zero empurra minha palma com o focinho, rosnando, e eu pisco, desviando o olhar.

A criatura já está dentro de casa, e eu fiquei parada no corredor, inerte como uma boneca sem enchimento.

Engulo em seco, afastando a sensação daquelas palavras nos meus ouvidos — a calma amanteigada se espalhando por cada ponto e costura — e dou meia-volta, com Zero em meus calcanhares, antes de sair em disparada pelo corredor, só parando ao chegar à biblioteca de Jack.

Há apenas uma janela — estreita e raramente aberta —, emoldurada pelas estantes nos fundos do cômodo.

Não tenho outra escolha.

Zero observa, ansioso, enquanto abro a janela e me espremo para passar pela abertura. Posso ouvir a criatura se arrastando pelo corredor, sibilando sua canção de ninar sinistra, tentando me atrair para fora. Mas ele avança a um ritmo lento, despreocupado, como se soubesse que, cedo ou tarde, as vítimas não vão mais conseguir resistir às suas palavras, entregando-se a um torpor confuso e letárgico.

Ele, enfim, chega à porta da biblioteca e solta um muxoxo insatisfeito — como o ranger de dentes, impaciente e irritado — ao ver que estou empoleirada no peitoril da janela.

É uma queda e tanto — do topo da Colina Esqueleto, onde nossa casa fica encarapitada —, mas já escapuli por inúmeras janelas quando estava no laboratório do dr. Finkelstein. Por isso, respiro fundo e me atiro pela janela aberta, navegando pelo ar noturno antes de despencar no chão com um baque abrupto.

Uma queda dessas seria fatal para quase todo mundo, o quebrar de ossos delicados e porosos.

Por sorte, não tenho ossos para quebrar.

Zero se lança pela janela aberta, o corpinho fantasmagórico flutuando na minha direção, e em seguida aninha o focinho no meu rosto.

— Eu estou bem — sussurro.

Desloquei o joelho esquerdo, mas, como não tenho tempo para botá-lo de volta no lugar, luto para ficar de pé e uso a perna boa para me equilibrar. A criatura ainda não alcançou a janela, mas precisamos correr antes que nos veja — antes que descubra para que lado fomos.

Afasto-me da casa aos cambaleios, esgueirando-me em um beco escuro, com Zero em meus calcanhares. Ainda consigo ouvir a criatura se arrastando pelos corredores, abrindo portas, procurando. Contorno os fundos da casa e sigo apressada pela trilha que cruza o cemitério, depois atravesso a ponte e me embrenho na floresta, buscando a segurança sombria da escuridão.

Só avançamos alguns passos entre as árvores quando Zero morde meu cotovelo, puxando o tecido.

Sem fôlego, me viro para olhar para ele, seu corpinho fantasmagórico reluzindo de tão branco contra a escuridão da floresta, e ele solta um ganido para mim.

— O que foi? — sussurro.

Ele solta meu cotovelo e volta seu olhar pesaroso para o caminho de onde viemos, em direção à cidade e à nossa casa. As orelhinhas despencam, o focinho apaga... e de repente eu entendo.

Ele não quer deixar Jack para trás.

— Não podemos voltar para lá — explico a ele. — Aquela... *coisa* vai botar nós dois para dormir, e então não haverá mais ninguém acordado.

Penso na areia que entrou pela janela, em como se alojou no meu cabelo, no fundo da garganta. Talvez seja apenas questão de tempo até que eu caia em um sono profundo. A menos que eu tenha espanado minha pele a tempo, sem deixar nenhum resquício. Ou talvez tenha sido uma quantidade ínfima demais para me fazer dormir. De um jeito ou de outro, não vou ficar de braços cruzados esperando o desenrolar da história. Não vou correr o risco de ser pega outra vez.

Zero solta outro ganido triste, desesperado, os olhinhos voltados na direção da trilha, do outro lado do cemitério, onde Jack jaz em sono profundo em nossa casa. Faço carinho no pescoço de Zero, alisando seu pelo fantasmagórico.

— Eu entendo — digo baixinho.

Ele quer ficar com Jack. Não vai deixá-lo para trás, sozinho. Não importa o que aconteça. Ele apoia o focinho na minha bochecha, e eu recolho a mão.

— Eu vou voltar — prometo a ele, mesmo sem saber como farei isso.

Só sei que preciso fugir da Cidade do Halloween antes que aquela criatura me encontre outra vez.

Preciso ir para algum lugar seguro.

Zero levanta as orelhas, solta um ganido baixinho, e então voa para longe, de volta para a extremidade da floresta. Antes de atravessar a ponte, porém, ele se detém para olhar para mim, e eu aceno e engulo o nó na garganta, ignorando o desejo de chamá-lo de volta, sem querer deixá-lo para trás. Mas no instante seguinte ele desaparece no cemitério sombrio, fora de vista.

Ele é leal a Jack, mesmo agora. E embora eu sinta uma pontinha de medo por deixá-lo aqui, também sei que vai conseguir se esconder da criatura, quieto e fantasmagórico. Vai ficar no fundo do armário, oculto pelas sombras. E uma parte de mim está grata por ele ter ficado para trás — com Jack.

Como eu gostaria de ter feito.

Mas consigo ouvir a canção de ninar da criatura ecoando pelas ruas da cidade, flutuando pelo vento, ainda à minha procura.

Preciso dar o fora daqui.

Dou as costas e me afasto de Zero, Jack e de toda a Cidade do Halloween, e me embrenho ainda mais nas profundezas da floresta sombria, tão rápido quanto minha perna machucada me permite avançar, até que a cidade se perca atrás de mim. Até que haja apenas o silêncio sinistro das árvores e o sibilar das folhas mortas em meu peito.

8

A FLORESTA ESTÁ ESTRANHAMENTE QUIETA.
Sem vento. Sem corujas-carpideiras lamentando-se na copa das árvores.

O luar se esgueira pela floresta espinhosa, e continuo avançando pela trilha até chegar ao familiar bosque de árvores, sem saber para onde ir, sem saber onde me esconder. Uma vez lá, encontro um trecho de solo seco e sombreado para me acomodar. Dois pontos se romperam no meu joelho durante a queda, então seguro a perna com as duas mãos e, com um puxão, ponho tudo de volta no lugar. Em seguida, remendo a costura depressa, os olhos fixos na trilha, procurando a criatura. Atenta a qualquer indício daquela melodia estranhamente reconfortante ecoando pela floresta.

Rasgo a sobra da linha com os dentes, depois me levanto, testando a perna. Foi um conserto apressado, mas vai ter que servir.

Dou uma olhada no bosque — tudo exatamente como na noite anterior.

Mas passo direto por ele, me aprofundando ainda mais na floresta, refazendo o caminho até a camada de espinhos que escondia a árvore que acabei revelando. *A árvore desconhecida.* Talvez seja um lugar seguro para se esconder, afastado da trilha gasta que corta a floresta. Quando chego à árvore solitária, porém, o ar escapa da minha garganta.

A entrada oval esculpida na árvore... está aberta.

O buraco escuro escancarado como o bocejo de uma criança.

Esqueci de fechar a porta. Deixei aberta.

A compreensão se assenta no meu estômago com um baque frio. Eu estava distraída quando me deparei com a porta, ocupada em tentar arrancar meu braço rasgado da boca de Zero enquanto ele fugia pela floresta e corria de volta ao cemitério.

Outro pensamento cruza minha mente, mas me recuso a acreditar que seja verdade. Talvez não passe de uma coincidência: a porta aberta e o homem-criatura que mergulhou toda a Cidade do Halloween em um sono profundo. Quero acreditar que essas duas coisas não têm a menor ligação, que não tenho culpa.

Mas o nó no meu estômago, no fundo da garganta, me diz que tenho, sim.

Permiti que uma criatura de *fora* adentrasse nossa cidade.

Eu fiz isso.

Dou um passo apressado à frente e fecho a portinha com um baque, com medo do que mais pode estar à espreita do outro lado. Recolho galhos secos e gravetos quebrados do chão da floresta e os coloco sobre a porta, fazendo uma barricada improvisada.

Um jeito de impedir a entrada de quaisquer outros monstros que possam deslizar, rastejar ou espreitar.

A floresta parece muito silenciosa, a escuridão muito densa. A culpa se abate sobre mim como uma guilhotina, cortando até o osso. Não há mais ninguém para quem apontar o dedo, ninguém para ser o alvo da minha ira por ser tão tola e estúpida. Escancarei a passagem para um mundo desconhecido e permiti a entrada de uma criatura na Cidade do Halloween.

Começo a cutucar a linha solta no meu punho enquanto minha mente fervilha com outro pensamento: a solidão corroendo meu peito adquire um novo significado. Claro e inegável.

Não tem mais ninguém para desfazer o que foi feito.

Não sobrou ninguém além de mim.

Faltando menos de duas semanas para o Halloween, não foram apenas os moradores da cidade que condenei, mas todo o evento. Se eu não descobrir uma forma de acordar os outros, não haverá abóboras brilhando nas soleiras, nem fantasmas chacoalhando correntes nos quartos das crianças, nem travessuras noite adentro. Não este ano. Nem nunca mais.

A culpa é toda minha.

Com a cabeça latejando, o joelho ainda um pouco avariado, refaço meus passos até o bosque das sete árvores. Paro no meio da clareira, girando em um círculo.

Sei que não posso ficar aqui.

Não posso arriscar que a criatura me encontre e me ponha para dormir. Escapei por pouco da última vez. Talvez não tenha tanta sorte na próxima.

E talvez... *talvez*... exista alguém nas outras portas que sabe como deter o barbudo com os bolsos cheios de areia. Penso na Cidade dos Namorados, nossa lua de mel — apenas alguns dias atrás — e me pergunto se Ruby Valentino conhece o segredo para mandá-lo de volta para o lugar de onde veio. Com certeza ela deve ter algum truque de rainha escondido na manga, ou uma solução simples para remediar as coisas.

Com os dedos trêmulos, abro a porta com o coração avermelhado que leva à Cidade dos Namorados.

Lembro-me da hesitação que senti dias atrás: eu não queria sair da Cidade do Halloween, com medo de me aventurar por um mundo desconhecido, mas quando Jack entrelaçou seus dedos frios nos meus, eu soube que iria a qualquer lugar com ele.

Agora preciso fazer isso sozinha.

Puxo o ar pela boca, uma respiração longa e entrecortada, medo e coragem fervilhando dentro de mim até que fique tonta, mas me forço a enfiar a perna machucada pela porta, depois os braços, antes de mergulhar de cabeça na Cidade dos Namorados.

Não há nada de gracioso em despencar para outro reino.

Feixes de luz e coraçõezinhos brancos rodopiam no meu campo de visão, porém, quando pouso na Cidade dos Namorados, não perco tempo para admirar as árvores em formato de coração e o céu açucarado; em vez disso, trato de seguir na direção da cidade.

Mas posso sentir a estranheza no ar assim que atravesso o portão de ferro e corro pelas ruas de paralelepípedos. O centro da cidade, onde fica a fonte do cupido, está mergulhado em um silêncio anormal. O aroma de chocolate derretido e caramelo açucarado se foi.

O ar tem um cheiro insosso, sem açúcar.

Como massa de bolo aguada, deixada para apodrecer na bancada da cozinha.

Sigo em direção à Pousada dos Pombinhos, mas mal cruzei um quarteirão antes de avistar a primeira mulher rechonchuda e rosada adormecida diante de uma soleira, a cabeça inclinada para o lado, uma dúzia de docinhos em formato de coração espalhados no chão à sua volta, estampados com os dizeres *Meu bem* e *Amorzinho*.

— Senhora? — chamo, mas já sei, já sinto... que ela não vai acordar.

Assim como os moradores da Cidade do Halloween, ela mergulhou em um sono estranho, sobrenatural. Mais adiante na rua, encontro outros na mesma situação, desmaiados nas mesas dos cafés, as xícaras de chocolate quente esfriando entre os dedos inertes, a cabeça caída sobre os ombros, os olhos fechados, os bebês cochilando nos carrinhos enquanto os pais cochilam na calçada de paralelepípedos, todos em sono profundo... Avisto um bando de cupidos descansando às margens do rio de chocolate, a respiração escapando de seus lábios cor de cereja em sussurros suaves. Parecem docinhos em miniatura, bebês que comeram doces demais, as asas imóveis nas costas.

E cada um deles está coberto por uma camada fina de areia branca.

As partículas estão espalhadas pelas ruas, acumuladas nos caixilhos das janelas e portas e debaixo das unhas.

Está em toda parte.

Passo por lojinhas onde gengibres cristalizados, marzipãs de amêndoas e bolinhos de limão foram esquecidos nas vitrines para apodrecer sob o sol da manhã. Enfim encontro Ruby Valentino, adormecida no jardim do que suponho ser a sua casa, cercada de rosas e petúnias em flor. É um jardim bem cuidado

A RAINHA DO HALLOWEEN

— nem uma única flor de coração-sangrento à vista — e atrás dela assoma uma casa cor-de-rosa, alta e estreita como um sapato de salto. A rainha ainda parece tão reluzente e majestosa quanto da última vez que a vi, mas agora seus lábios tremelicam a cada expiração e, quando chego mais perto para tocar sua mão, vejo uma trufa de chocolate e caramelo, já parcialmente comida, caída a alguns centímetros de seus dedos inertes.

— Ruby? — chamo baixinho, alimentando a vã esperança de que ela pisque um olho sonolento para mim e acorde como em um passe de mágica.

Pouso a outra mão em seu ombro e o sacudo de leve, repetindo seu nome mais alto, várias e várias vezes — o tom cada vez mais frenético, mais amedrontado. Minha voz ecoa por toda a Cidade dos Namorados, pelas ruas vazias, sem nenhum outro som para abafá-la. Sinto um calafrio percorrer a espinha.

Acomodo Ruby de volta na grama, a boca entreaberta, e a deixo dormir.

A Cidade dos Namorados está mergulhada em um sono profundo.

E começo a desconfiar que eu talvez seja a última pessoa acordada... aqui ou em qualquer outro lugar.

Atravesso os portões da Cidade dos Namorados às pressas — odiando o silêncio, o ar parado — e refaço meus passos até a floresta rosada. Penso em Jack adormecido em nossa cama, com Zero ao lado, e sei que preciso viajar para os outros reinos. Preciso saber se existe alguém acordado em alguma das cidades, alguém que possa me ajudar.

No bosque, toco a única outra porta familiar. Uma árvore verde entalhada na madeira, os galhos carregados de enfeites e ornamentos coloridos, com uma estrela no topo e presentes vermelhos com laços dourados espalhados na base. Esta porta me levará à Cidade do Natal, um lugar que Jack já visitou várias e várias vezes. Talvez eu possa contar com a ajuda do Papai Cruel — o bom velhinho que salvei das garras do Monstro Verde.

Abro a porta e deixo o vento frio e nevado me puxar para dentro.

Jack já me contou muitas coisas sobre a Cidade do Natal: a camada de neve fofa, a casa de biscoito de gengibre onde o Papai Cruel mora, os moradores ocupados com os preparativos para as festas. Mas, quando chego na cidade iluminada por pisca-piscas coloridos, com várias casinhas enfileiradas nas ruas cobertas de neve, percebo que está estranhamente silenciosa — ainda mais se for levado em conta que faltam pouco mais de dois meses para o Natal.

Espero ouvir os cânticos natalinos ou ver os duendes que Jack descreveu para mim na véspera de nosso casamento, quando nos sentamos junto à lareira de seu quarto, bebericando chá de urtiga enquanto ele me contava histórias de outras cidades. Seus olhos pareciam brilhar de dentro para fora, mais acesos que as chamas da lareira, e suas mãos gesticulavam no ar para descrever cada detalhe. Ele amava as outras cidades, e mal podia esperar para compartilhar todas elas comigo. Mas agora... estou começando a ter medo de que ele não tenha essa chance. Agora tenho que visitar essas outras cidades sozinha, sem ele ao meu lado.

— Papai Cruel! — chamo, espiando cada uma das ruas vazias e cheias de neve.

Enfim chego a uma grande casa de pão de mel do outro lado da cidade. Bato na porta redonda, decorada com glacê branco e confeitos verdes, mas não há resposta. Com cuidado, giro a maçaneta e entro.

Do outro lado da sala, sentado em uma poltrona estofada junto à lareira — o fogo ainda crepitando enquanto as avelãs tostam sobre as chamas, uma xícara de chocolate quente descansando na mesinha ao lado —, está o Papai Cruel.

Profundamente adormecido.

Ele parece bem relaxado, na verdade, roncando baixinho, com um ramo de azevinho pendurado logo acima. À primeira vista, daria até para acreditar que ele está simplesmente tirando uma soneca, contudo, quando toco sua mão e chamo seu nome, ele não acorda assustado. Em vez disso, uma nuvem de areia escorre do espesso casaco vermelho e se esparrama pelo chão.

Eu me afasto dele, limpo a ponta dos dedos na saia do vestido — sentindo o mesmo calafrio que me invadiu na Cidade dos Namorados — e saio por onde entrei, voltando para o frio da neve.

Ando mais alguns metros até chegar a uma enorme oficina de pão de mel. Quando entro, vejo três dúzias de duendes minúsculos com sininhos no cabelo e fitas em volta dos punhos — assim como Jack descreveu —, também adormecidos. A montagem de presentes paralisada, os laços amontoados no chão a seus pés, sem canções assoviadas enquanto trabalham.

Fecho a porta da oficina e corro de volta para a floresta.

Rodopio em círculos, de volta ao bosque de árvores da Cidade do Natal, sem saber para onde ir.

Meu olhar recai no ovo gigante, pintado em tons claros de pêssego e azul-primaveril. Lembro-me do Coelhinho da Páscoa, que Tranca, Choque e Rapa sequestraram sem querer no inverno passado. Ele parecia bastante inofensivo, uma criatura que, espero, deve pertencer a um reino onde não existe nada a temer. Com isso em mente, caminho na direção da porta e giro a maçaneta lustrosa, o coração quase no céu da boca, antes de mergulhar na escuridão da árvore.

Rodopio porta abaixo e enfim aterrisso na floresta cálida e primaveril da Cidade da Páscoa. Tateio a grama ao meu redor, mas algo parece errado. É como se fosse feita de tecido e papel, nada parecida com a grama de verdade. Até a cor é estranha, como se tivesse sido tingida com trevos verdes ou água pantanosa, e estala sob meus sapatos pretos enquanto atravesso a campina em direção à Cidade da Páscoa.

O ar está abafado e silencioso, e meus olhos vasculham a campina em busca de sinais de alguém acordado, mas tudo o que vejo são coisinhas minúsculas aninhadas entre a grama alta e enfiadas ao longo da cerca de madeira que margeia a trilha: incontáveis ovinhos, todos pintados em tons claros, assim como a porta no bosque.

Estão empilhados nas reentrâncias nos troncos dos carvalhos e espalhados por um canteiro de tulipas, como se tivessem sido escondidos e agora esperassem ser encontrados — arrancados do chão e guardados como lembranças ou prêmios. Mas não consigo imaginar por que alguém colecionaria ovos de cores tão estranhas. Só podem ser venenosos. Se esses ovos fossem encontrados na Cidade do Halloween, com certeza estariam recheados com algum tipo de travessura ou crueldade.

Um pensamento cruza minha mente mais do que depressa: *Queria que Jack estivesse aqui comigo. Ele saberia o que os ovos significam. Saberia se há motivo para temer este lugar.*

No entanto, trato de abafar a apreensão e continuo subindo pela trilha, onde o portão para a Cidade da Páscoa se eleva em um arco em direção ao céu pálido, parecendo uma cesta com a alça entrelaçada com margaridas, papoulas e outras flores de primavera.

Que cidade estranha, penso, enquanto atravesso o portão. Mas logo percebo que, na verdade, nem chega a ser uma cidade propriamente dita.

Não há lojas ou construções ou uma praça com uma fonte de doces borbulhante. Apenas uma enorme campina repleta de flores silvestres e buracos escavados na terra — como uma coelheira, as tocas que os coelhos fazem de morada.

A trilha desemboca em um pequeno coreto de madeira — uma estrutura atarracada pintada com margaridas amarelas e tulipas coloridas, espelhando o campo de flores ao redor. Chego mais perto do coreto e espio seu interior. Há várias mesinhas de madeira, cada qual com sua própria cesta cheia de ovos — cerca de uma dúzia em cada — e da mesma grama estranha que vi na floresta. Vejo frascos de vidro cheios de água colorida e uma dúzia de paletas circulares de aquarelas. Deve ser aqui que pintam os ovos que vi pelo caminho.

Mas há mais uma coisa no interior do coreto.

Uma dúzia de coelhos aninhados uns nos outros, como se tivessem se aglomerado bem no meio da estrutura atarracada, apavorados, antes de serem subjugados por uma nuvem de areia que os deixou inconscientes.

E deitado nos degraus de madeira branca que levam ao coreto — como se tentasse repelir algo que se aproximava — está um coelho maior do que os demais. Seu pelo é de um tom bem clarinho de rosa — como sorvete de morango derretido —, e ao redor de seu corpo há uma faixa creme que diz *Feliz Páscoa*.

E, assim como todos os outros, ele está mergulhado em um sono profundo.

Sinto um aperto no meu peito de tecido enquanto corro de volta pela trilha que leva até a floresta, um novo tipo de pânico fervilhando na garganta e atrás dos olhos.

E se não tiver mais ninguém acordado?

Em lugar nenhum?

No bosque, escolho outra porta — com um peru emplumado no tronco — e trato de escancará-la antes que a dúvida e o medo tenham tempo de criar raízes.

O vento é frio e amargo nesta cidade, o cheiro do outono no ar — folhas alaranjadas em todos os tons do pôr do sol. Elas estalam sob meus pés conforme ando, e quase me sinto em casa — na Cidade do Halloween —, mas há um toque de neve no ar. O inverno se aproxima. A próxima estação.

Sigo a trilha de terra para fora da floresta, em direção a uma placa de madeira dependurada sobre o portão, rangendo ao vento, na qual se lê: Cidade do Dia de Ação de Graças.

O ar já parece muito parado mesmo daqui, mas cruzo o portão e desço para o pequeno vale que abriga a cidade, rodeado por campos e colinas. Plantações de milho e trigo e até abóboras se alinham nas redondezas. Meus sapatos levantam poeira enquanto caminho pela rua principal, ladeada por casas feitas de toras recém-cortadas, o cheiro de fumaça pairando no ar, vindo das chaminés. E, por um momento, vejo isso como um sinal de que ainda pode haver alguém acordado por aqui.

Mas não há vozes. Nem passos agitados. Ninguém cuidando dos campos distantes.

Mergulhada em um silêncio tão absoluto quanto o das outras cidades que visitei.

Mas, finalmente, avisto alguém.

O homem está deitado de barriga para cima na varanda de uma casinha de toras; um cachimbo entalhado repousa entre os dedos, as brasas apagadas e, a cada respiração, um leve crepitar escapa de seus lábios, fazendo o bigode estremecer.

Pela porta aberta atrás dele, vejo que há outras pessoas na casa, acomodadas ao redor de uma mesa de madeira comprida repleta de cumbucas de sopa fumegante e xícaras de café, quase como se tivessem acabado de se sentar para jantar — exceto que estão tombadas para a frente em suas cadeiras de madeira, as testas apoiadas nos pratos, os garfos ainda nas mãos...

E a areia a seus pés.

Depois que encontrei a porta secreta escondida, depois que corri para o cemitério e adormeci sob a pálida lua cheia aos pés da Colina Espiral, o homem barbudo se esgueirou por todas as portas, em todas as cidades, e condenou todos os moradores a um sono profundo?

Enquanto eu perambulava pela casa, aliviada por finalmente estar sozinha, saboreando cada momento de silêncio, a criatura estava rastejando pelas portas?

Fiquei de braços cruzados enquanto ele levava a ruína a essas cidades indefesas, soprando areia no rosto de todos que encontrava pelo caminho.

Um calafrio desce por cada uma das minhas costuras.

Foi culpa minha.

O silêncio misterioso desta cidade é de quebrar os ossos — a quietude se esgueirou por todos os vãos e tábuas de assoalho, tudo vazio, tudo adormecido — e me sinto vazia enquanto corro de volta para a floresta, os nervos em frangalhos enquanto os pensamentos se movem velozes, girando e repetindo a mesma ideia: *E se eu não conseguir encontrar um jeito de acordar todo mundo? E se eu for a última?*

Passo por um bando de perus selvagens, fugindo em disparada por entre as árvores, alertados por meus passos

— grugulejando seus trinados antes de escaparem, rápidos e assustados. Tão rápidos que conseguiram se safar da areia soprada pela criatura.

Estou sem fôlego quando enfim chego ao bosque, as folhas agitadas dentro do peito, alvoroçadas, frenéticas, como se estivessem prestes a romper minhas costuras.

Mas tenho que ir até o fim.

Preciso ter certeza de que não há mais ninguém acordado.

Na Cidade do Dia da Independência, luzes brilhantes e explosivas pipocam no céu escuro e sem estrelas.

Mas, mesmo com todos os estampidos e estouros, todas as pessoas que encontro estão cochilando em suas casas abobadadas — com tetos de vidro para admirar o eterno céu noturno —, e nem mesmo os cata-ventos de luz colorida que irrompem sobre a cidade são capazes de acordá-los.

É igual a todas as outras cidades. A areia está espalhada pelos corpos adormecidos, presa em seus cabelos, alguns com os olhos ainda abertos, como se observassem os estouros faiscantes no céu acima.

Meu próprio corpo estremece, vibra, o medo se transformando em outra coisa — uma percepção terrível.

Talvez não tenha restado mais ninguém além de mim.

Corro de volta para a floresta, as pernas oscilando a cada passo, pois, quando chego ao bosque, sei que resta apenas mais uma cidade.

10

Passo pela última porta restante do bosque, a que tem um trevo de quatro folhas no tronco, pintado no mesmo tom de verde das samambaias do cemitério.

Minha última esperança.

Depois que a atravesso, me vejo em uma pequena floresta, as árvores raquíticas e achatadas, onde o ar cheira a musgo e hortelã. Dou uma olhada nos arredores e vejo que há várias trilhas saindo do bosque, cada uma apontada para uma direção. Ao contrário dos outros reinos de celebrações, onde um único caminho levava à cidade, aqui há muitos. Não há o menor sinal de placas ou avisos, então não sei qual deles tomar. Como não tenho tempo a perder, trato de escolher uma das trilhas e me embrenho pela mata.

Passo ao lado de um riacho fresco e rochoso, depois subo e desço uma colina até que, finalmente, de um jeito inexplicável, me encontro de volta ao bosque das sete árvores. Justo de onde vim. Deixo escapar um suspiro irritado, o cenho franzido, e então começo a enveredar por outra trilha — porque não tenho escolha. Avanço por um trecho denso de juncos sibilantes, passo por cima de uma mureta de pedra que pode ter sido uma cerca, e então, impossivelmente, me vejo de volta ao bosque. De volta ao começo. Como se estivesse presa em um ciclo infinito e enlouquecedor.

Sem demora, avalio as outras trilhas, as que ainda não percorri, mas já estou começando a desconfiar que talvez seja algum tipo de truque, uma forma de enganar visitantes indesejados. Para impedir que encontrem a cidade.

O sol ainda está alto no céu, um aglomerado de nuvens carregadas ao longe, mas decido desistir das trilhas e seguir pelas sombras compridas que as árvores projetam no chão da floresta.

Na Cidade do Halloween, dizem que se estiver perdido, deve seguir sua própria sombra... pois ela sempre o levará aonde você precisa ir.

Enfio as mãos nos bolsos do vestido, levanto o queixo — sentindo a costura ao longo do pescoço retesar — e me afasto do bosque, seguindo meu próprio caminho através da vegetação rasteira e das folhas espinhosas. Sigo minha sombra esguia pelo chão, desço por uma longa encosta inclinada, depois cruzo um vale coberto de relva que cheira a hortelã e lúpulo até que, através dos raios ofuscantes do sol, finalmente a vejo.

Lá está a cidade.

Escondida na parte rasa do longo vale, cercada por campos verdejantes.

Corro pela grama alta, sentindo-a lamber minhas pernas expostas, até chegar a um portão dourado. Uma vez lá, inclino a cabeça para ler a placa: Cidade de São Patrício.

Finalmente encontrei.

Olho para a minha sombra, dou um aceno com a cabeça e depois saio em disparada pela estreita rua principal, ladeada por minúsculas casinhas de barro com telhado de palha, todas amontadas umas contra as outras. Estranhamente, as portas têm metade do meu tamanho — tão pequenas que não consigo entrar. Em vez disso, então, eu me agacho e espio, pela vidraça das janelas, cozinhas diminutas com chaleiras em miniatura chiando, camas desfeitas nos quartinhos, biscoitos queimando em fornos esquecidos.

O pequeno vislumbre de esperança que senti ao encontrar a cidade se esvai quando avisto homenzinhos de barba ruiva e mulheres de bochechas rosadas dormindo em cafeterias e pubs. Cervejas ainda nas canecas, chás ainda nas xícaras. Vejo até bebês repletos de cachinhos adormecidos em berços feitos de lã e musgo.

— Cheguei tarde demais — murmuro com meus botões quando chego ao final de uma fileira de pequenas estruturas florestais, e tenho que apertar os olhos com as mãos para evitar que as lágrimas caiam.

Não sobrou ninguém acordado, ninguém que possa me ajudar. Deixo as mãos penderem frouxas ao lado do corpo e contemplo o céu pálido e reluzente. Talvez seja melhor voltar para a Cidade do Halloween, caminhar até a praça da cidade e esperar que a criatura me encontre. E, quando avistar seu braço estendido, segurando um punhado de areia, não vou recuar, não vou fugir. Vou apenas fechar os olhos e permitir que a nuvem de areia caia sobre mim, deixando tudo mergulhar em escuridão. *Nada além da escuridão.*

Vou dormir como os outros. Como Jack. E não estarei mais sozinha.

Jack. Só de pensar nele, as lágrimas, enfim, começam a transbordar de minhas pálpebras, úmidas e frias, mas não as enxugo. Deixo o peso de tudo recair sobre mim, a dor terrível, cruel. A culpa consciente. *Eu fiz isso.* Abri uma porta e permiti que um monstro invadisse meu mundo. *Sua curiosidade vai acabar por lhe trazer a própria morte*, o dr. Finkelstein me disse certa vez. Talvez ele estivesse certo. Em vez de me trazer a morte, porém, levou o homem, o esqueleto, que amo.

A cidadezinha desaparece de vista, embaçada pelas lágrimas, e eu pisco, *pisco...* bem na hora que algo dispara na minha frente.

Um lampejo esverdeado.

E sapatos de veludo marrom deslizando por um beco estreito entre as construções.

Tem alguém acordado.

Enxugo os olhos com o dorso da mão, pegando um último vislumbre da criatura que desaparece em meio às sombras. Mas demora meio segundo para que minhas pernas entendam o que meus olhos já viram, para que meu corpo se lance para a frente e saia em disparada atrás do homenzinho de meio metro.

Ele corre para além das fronteiras da cidade, através de uma parede de samambaias até chegar a uma pequena ravina onde a grama cresce alta e um riacho sinuoso corre sobre as pedras lisas do rio.

Estou ofegante quando finalmente o alcanço, as lágrimas secas no rosto, mas o homenzinho nem parece me notar. Ele sobe no topo de uma pedra e espia as folhas de grama.

— Olá? — chamo baixinho, com a voz áspera, sem acreditar que aquilo é real, que tem mesmo alguém acordado.

— Você viu? — devolve ele, sem nem mesmo se dar ao trabalho de olhar para mim.

Nem parece ter se abalado com a minha aparição repentina — apenas mantém a mão acima dos olhos, como se para se proteger do sol, e examina a ravina.

Chego mais perto, atravessando as samambaias onduladas e a grama alta.

— Vi o quê?

— O arco-íris — vem a resposta brusca, o tom carregado de aborrecimento. — Estava aqui agorinha mesmo... mas sumiu.

Eu me viro para observar a ravina. Há um leve aroma de chuva no ar, de umidade, e tudo cheira a terra. Mas não vejo o menor sinal de arco-íris.

— Por que está procurando um arco-íris?

O homenzinho volta seu olhar para mim pela primeira vez, e percebo que seus olhos são de uma cor dourada, a barba enroladinha cintilando em um tom acobreado na luz do sol.

— Não estou procurando o *arco-íris* — esclarece ele, impaciente. — Estou procurando o pote no fim dele.

Sinto as costuras da minha boca se contraírem em confusão. A cidade inteira está mergulhada em um sono profundo e, ainda assim, o homenzinho está mais preocupado em encontrar o raio do arco-íris.

Ele balança a cabeça e salta da pedra, em um movimento sutil e ligeiro, os pés pousando no solo macio.

— Escondi o pote em algum lugar desta ravina, e agora não consigo encontrar. — Depois dá uma coçadinha na barba enrolada, curvando um lado da boca para cima, como se vasculhasse os cantinhos perdidos de sua mente. — O arco-íris vai me mostrar onde o deixei.

— O que tem no pote?

Seus olhos se voltam para mim de repente, trêmulos à luz difusa do sol.

— Meu ouro, é claro.

Ele diz isso como se fosse óbvio, como se eu já devesse saber. Lembra até Ruby Valentino, que imaginou que eu soubesse tudo a respeito dos cupidos e do fardo de ser rainha. Até agora, contudo, essas outras cidades me parecem totalmente estranhas, com pessoas e costumes que não fazem o menor sentido para mim.

— Não vi arco-íris nenhum — respondo, de queixo erguido. — Mas encontrei você. E você é a única pessoa que ainda está acordada.

O homenzinho tira o chapéu e alisa o topete em sua cabecinha, mas o cabelo ruivo encaracolado volta a se espichar quando ele recolhe a mão.

— Não sou uma pessoa — corrige. — Sou um leprechaun, ora essa. Até parece que você nunca viajou por aí. Pelo jeito nunca pôs os olhos em um sujeito encantador como eu.

Dou um pigarro, puxando o fio solto no meu punho.

— Peço desculpas, senhor.

— E ainda estou acordado — continua ele bruscamente, enfiando os polegares nos bolsos do colete — porque sou esperto e sei me esconder para não ser apanhado pelo Sandman.

Sandman. A palavra tilinta e reverbera pelo meu crânio de linho. Penso nas minúsculas partículas de areia branca que vi nos habitantes de todas as cidades que visitei.

— Sandman, o Homem de Areia?

O leprechaun enfia o chapéu de volta na cabeça, cobrindo o topete rebelde.

— Ora, para um gigante, até que você não é lá muito espertinha, não é?

Cogito dizer a ele que não sou um gigante, e sim uma boneca de pano, mas acho que não vai fazer a menor diferença.

— O Sandman colocou todo mundo para dormir — conta o leprechaun, batucando com o dedo na lateral da cabeça. — E agora eles não vão acordar.

Sinto meus olhos de boneca se arregalarem, o aperto no meu peito despencando até o estômago.

— Eu abri uma porta com um entalhe de lua — explico apressada, as palavras jorrando com tal rapidez que mal as ouço. — Não sabia o que era, mas acho que ele... — Minha voz falha outra vez, e trato de engolir em seco. — Acho que o *Sandman* veio de lá. E agora está solto em nossas cidades e preciso dar um jeito de detê-lo.

O leprechaun olha para mim, a boquinha se contraindo de uma vez.

— Você abriu a porta para um dos reinos antigos?

Aperto as mãos, apreensiva, depois as solto. De repente me vem uma lembrança, antiga, de quando eu ainda morava com o dr. Finkelstein. Havia um livro em seu laboratório, as páginas rasgadas e cerosas, cheinho de histórias sobre reinos antigos que foram esquecidos, portais que se perderam com o tempo. Lembro-me de folhear as páginas, curiosa para saber mais sobre aquelas fábulas, devorando cada palavra o mais rápido que podia. Mas tinha lido apenas um punhado de páginas antes que o dr. Finkelstein arrancasse o livro de minhas mãos. *Este livro não é para o seu bico, Sally*, zombou ele, colocando-o no colo enquanto se afastava pelo corredor escuro do laboratório. *Trate de se ocupar com o meu jantar em vez de ficar enfiando a cara nos livros.* Mais tarde, quando tentei lhe perguntar sobre os reinos antigos, fui recompensada com um olhar feroz e um grito para voltar para o meu quarto.

E agora abri uma porta para um deles.

— Foi sem querer — murmuro, como se para me convencer, para apaziguar a dor cada vez maior. — Mas não é só minha cidade que está sendo afetada — continuo. — São todas as cidades de celebrações... Todos estão dormindo. Você precisa me ajudar a detê-lo.

O homenzinho solta uma risada zombeteira pelo nariz, como se já estivesse farto dessa conversa, dessa interrupção indesejada.

— Ora, *você* o deixou sair — retruca ele com um movimento brusco da boca. — Agora *você* que dê um jeito de mandá-lo de volta.

— Mas não sei como fazer isso.

— E eu lá sei? — Ele abana o ar com a mão. — Os reinos antigos já estavam aqui muito antes de nossas celebrações existirem.

Meneio a cabeça para ele, o calor queimando atrás dos olhos.

— Mas nós temos que acordar todos eles, ou o mundo dos humanos nunca mais terá outro motivo para celebrar.

E eu vou perder Jack... o único que já amei.

— Se não detivermos o Sandman, o Dia de São Patrício também não vai mais existir — continuo, soando desesperada, sentindo um aperto na minha caixa torácica. — E você vai ficar sozinho aqui... para sempre.

O homenzinho dá um passo na minha direção, arqueando uma das sobrancelhas ruivas e desgrenhadas, os olhos dourados cintilando como se eu tivesse despertado alguma parte oculta de seu ser.

— Então você tem que ir para o reino dele — declara sem rodeios. — Para a Cidade dos Sonhos. Com certeza vai encontrar alguém que saiba como levar o Sandman de volta para onde ele pertence.

Balanço a cabeça outra vez enquanto o nome rodopia em minha mente: Cidade dos Sonhos. A porta com a lua entalhada, os aromas inebriantes que sopraram da árvore... eles levam a um lugar chamado Cidade dos Sonhos.

— Mas e se houver outros como ele? E se eu cair no sono assim que passar pela porta? Não sei o que me espera do outro lado.

Uma brisa suave sopra pelas árvores, e algumas gotas de chuva começam a cair do céu.

— Isso não é problema meu — vocifera o homenzinho.

Sinto as pálpebras pesadas outra vez, tomada por desespero, medo, dúvida.

— Você pode vir comigo? — pergunto, quase implorando.

Ele não parece um companheiro de viagem agradável — afinal, é temperamental e preocupado —, mas não quero fazer isso sozinha. Não quero ir para uma cidade da qual talvez nunca consiga escapar.

Ele solta uma risadinha breve.

— Tenho coisa melhor para fazer — trata de responder. — Não vou a lugar nenhum antes de encontrar meu pote de ouro.

— Você pode continuar procurando quando voltarmos — sugiro, curvando-me para ficar na mesma altura dele e encontrar seus lindos olhos dourados. — Tenho certeza de que o pote não vai a lugar nenhum.

Por um momento, suas feições parecem suavizar. Vejo um lampejo de pena em seus olhos, como se realmente lamentasse por mim... e talvez seja o suficiente para convencê-lo a vir comigo. *Não posso deixar esta pobre boneca de pano perambular sozinha por um mundo perigoso. É melhor ir com ela.*

Mas então seu olhar se desvia, fixando-se em algum ponto logo acima do meu ombro.

— Lá! — exclama ele. — Lá está aquele arco-íris danado.

A RAINHA DO HALLOWEEN

Ao longe, através da névoa suave das gotas da chuva, mal consigo distinguir os feixes coloridos de luz formando um arco-íris no céu. Mas o ponto em que ele toca o solo está escondido atrás de um aglomerado de árvores verdejantes.

— Preciso ir andando — avisa o homenzinho de súbito, tirando o chapéu para mim.

Faz menção de se virar, mas de repente se detém, coça a barba como se estivesse pensando em alguma coisa, e então se abaixa para arrancar algo da grama.

Ele estende a mão e diz:

— Boa sorte, gigante!

Em sua palma repousa uma folhinha verde.

— É um trevo de quatro folhas — explica o homenzinho, com uma piscadela. — E foi arrancado da Cidade de São Patrício, então traz ainda mais sorte.

Pego o trevo da palma de sua mão e o levanto contra o céu nublado, maravilhada com as quatro folhas perfeitamente arredondadas. Tem cheiro de terra e chuva, e repousa com delicadeza entre meus dedos. É igualzinho ao trevo que adorna a porta de entrada para este reino.

— Obrigada — agradeço-lhe, mas, quando ergo o olhar, vejo que ele já desapareceu entre os grossos abetos verdes e os pingos de chuva que caem.

11

J Á É QUASE NOITE QUANDO ATRAVESSO A PORTA DA CIDADE do Halloween mais uma vez, de volta ao lugar onde descobri o portal para um reino antigo — a *Cidade dos Sonhos*.

O sol, uma abóbora cerosa, lança seus raios opacos na linha do horizonte, pairando logo além das árvores espinhosas. O ar está calmo e, por um instante, cogito atravessar a floresta, cruzar os limites da cidade e voltar para casa. Assim poderia ver Jack, talvez pela última vez, antes de seguir adiante com o meu plano. Poderia deslizar os dedos ao longo de suas bochechas frias, sussurrar seu nome e pedir desculpas, caso eu não volte.

No entanto, através das folhas que se agitam lá em cima, o vento das bétulas outonais traz o silvo suave de uma voz longínqua — uma voz que não pertence a este lugar.

O *Sandman* ainda está na Cidade do Halloween.

Ele cantarola sua canção de ninar melancólica, procurando-me nas sombras e cantos escuros, tentando me atrair para o lado de fora. Deve sentir que ainda tem alguém acordado, alguém que ele ainda não encontrou — *eu*. Assim como o Papai

Cruel sabe quais crianças foram boazinhas ou levadas, e Jack sabe quais crianças têm medo de viúvas-negras e quais têm pavor de lobisomens uivantes, o Sandman deve saber quem ainda não caiu no sono.

Não posso arriscar voltar para a cidade.

Então, em vez disso, me embrenho ainda mais na floresta, até o aglomerado de videiras onde a árvore recém-descoberta ainda está parcialmente escondida. Afasto os galhos mortos que usei para bloquear a porta — para impedir que outra coisa se esgueire para nossa cidade.

Mas agora sou *eu* quem atravessarei este portal sem ser convidada.

Um arrepio nervoso se espalha pelas costuras da minha coluna. O medo arde como sal em uma ferida aberta, e sinto vontade de voltar atrás, de correr para longe da porta e me esconder no escuro como uma covarde. Lembro-me do velho poço abandonado perto da casa da árvore de Tranca, Choque e Rapa. Eu poderia descer por ali e me esconder entre teias de aranha abandonadas e moedas esquecidas daqueles cujos pesadelos nunca foram concedidos. Poderia ficar lá e esperar. Dias passariam, talvez meses.

Jack e os outros continuariam dormindo. E eu estaria lá, na segurança de um esconderijo.

Houve uma época em que eu me achava corajosa — uma garota capaz de enfrentar qualquer monstro que cruzasse seu caminho, porque eu mesma sou um deles. Uma abominação criada por um homem louco. Vivendo entre lobisomens, fantasmas e ceifadores.

Mas agora me pergunto se sou a heroína errada para esta história. Afinal, escancarei um portal para outro reino — um reino perigoso. Fui desatenta, impulsiva. Não estraguei apenas o Halloween e todas as outras celebrações. Também destruí a vida que poderia ter tido com Jack, antes mesmo de começar.

A culpa me dilacera feito uma adaga afiada, fincando-se bem no meu âmago, partindo linhas e me rasgando por dentro.

A tola de uma história pode ser também a heroína?

Duvido muito.

Mas passei tempo demais amando Jack para permitir que fique fadado a uma vida pior que a morte. Uma vida passada em um pesadelo do qual ele não consegue acordar. Por ele, eu atravessaria mil portais para mil mundos diferentes.

Chego mais perto da porta, os dedos alcançando a maçaneta prateada.

Um cantarolar baixinho se eleva sobre as copas das árvores. O Sandman está se aproximando, entoando sua música sonolenta, procurando, *procurando.*

Se eu não for agora, vou perder a coragem.

Abro a portinha com o entalhe de lua minguante, sentindo as pálpebras pesadas com a mesma calmaria de quando encontrei este lugar.

Fecho os olhos e prendo a respiração, me preparando para o que quer que esteja à minha espera do outro lado, e então passo pela porta e sigo em direção ao reino que o leprechaun chamou de Cidade dos Sonhos.

Mergulho pela porta, aterrissando segundos depois em um chão estranhamente macio e felpudo.

Meus olhos precisam de um momento para se ajustar à claridade. O céu não reluz com a luz do dia, nem com a da noite. Um meio-termo entre os dois. Logo acima, árvores altas e preguiçosas balançam ao sabor da brisa, seus galhos pontilhados de florezinhas brancas cuja fragrância remete ao chá Pântano Cinzento, seu movimento suave e melódico. Respiro o ar quente da noite e me vejo espiando por entre os galhos, um zumbido calmo reverberando na base do crânio. A ansiedade que sentia pouco antes de passar pela porta se dissipou como uma tempestade de primavera, e sinto que poderia me enrolar em um manto sob o dossel dessas árvores e mergulhar em um devaneio semiacordado. Aquele sono tranquilo, os olhos ainda abertos, observando a brisa sedosa soprar as nuvens de algodão para além do horizonte.

Mas trato de esfregar os olhos para despertar desse torpor. *Preciso ficar acordada.* E preciso seguir em frente.

A trilha que sai da floresta é larga e sinuosa, iluminada por uma espécie de crepúsculo perene envolto por um ar sonolento e sombrio, a lua cheia pendendo pesada no céu. Uma esfera inchada — feita para acalmar os exaustos, seduzi-los ao sono. A trilha é ladeada por um riacho sinuoso e murmurante; apesar do crepitar suave da água que se derrama sobre as rochas, avanço com cautela pelo caminho, atenta a qualquer coisa que possa aparecer sem aviso. Esta cidade pode ser povoada por criaturas iguais ao Sandman — centenas delas à espreita, com um punhado de areia nas mãos, os olhos escuros, enfastiados e malévolos.

Mas a floresta parece tranquila. Quase dócil.

Ainda assim, não me deixo levar pelas aparências.

Espio por cima do ombro, mapeando meu caminho de volta pela floresta para o caso de precisar fugir em disparada, a cabeça latejando de medo e adrenalina. Não quero me perder. Ou cair em uma emboscada.

Finalmente, alcanço a extremidade da floresta e saio para uma clareira.

A princípio, tenho a impressão de que estou diante de uma campina, a grama alta balançando ao sabor do vento. Mas, quando forço a visão para enxergar além da luz do crepúsculo, percebo que são campos — fileiras e mais fileiras de plantações perfeitamente alinhadas, lembrando a paisagem que vi na Cidade do Dia de Ação de Graças.

Mas aqui, em vez de milho e abóboras, os campos estão cobertos de lavanda, a fragrância calmante e convidativa pairando no ar.

E mal posso acreditar nos meus olhos quando vejo, abismada, que há pessoas nos campos.

Meu coração quase sai pela boca, um turbilhão vertiginoso de alívio e empolgação. Eu as observo enquanto perambulam pelas fileiras de lavanda, ajoelhadas no solo para colher as plantas aromáticas. Alguns deles trabalham em silêncio, outros cantarolam baixinho, melodias arrastadas que me lembram as canções arrebatadoras entoadas pelo Sandman na Cidade do Halloween.

As pessoas ainda estão acordadas aqui.

Ainda assim, permaneço escondida entre as árvores, oculta pelas sombras, sem saber se devo ter medo. Todos parecem bastante inofensivos, agricultores dedicados à labuta até o entardecer. Mas, *estranhamente*, em vez dos chapéus de palha e macacões esperados, todos vestem pijamas — listrados, compridos, com golas felpudas de algodão e gorrinhos puxados sobre a cabeça —, como se devessem estar se acomodando para dormir, mas a diferença é que estão nos campos colhendo lavanda.

Em nada se parecem com a criatura Sandman. Seus pés — calçados com pantufas — estão firmes no solo, não pairando acima dele, e não há o menor sinal de grãos de areia escorrendo

A RAINHA DO HALLOWEEN

de seus bolsos. São meros agricultores, interessados em nada além de suas colheitas.

Pouco a pouco, me esgueiro para fora da floresta escura e sigo em direção aos campos. Ninguém parece notar minha presença, pelo menos não a princípio, todos com o rosto voltado para as fileiras de lavandas enquanto as canções vertem de suas gargantas. Enquanto avanço pela fileira central da plantação, porém, dou de cara com um homem carregando um cesto repleto de flores de lavanda, vestindo um pijama azul-claro com nuvens brancas na gola e, no topo da cabeça, um gorrinho de dormir com um sininho preso na ponta.

Ele se vira e, quando me vê, apenas inclina a cabeça e sorri — como se eu não fosse uma completa estranha —, depois começa a se afastar pela trilha, carregando o cesto em uma das mãos e um castiçal de metal com uma vela acesa na outra para iluminar o caminho.

— Senhor? — chamo baixinho, seguindo-o por entre as plantações.

Ele se detém e ergue seus olhos sonolentos para me fitar mais uma vez.

— A lua estava acordada... — comenta, sonhador, como se eu tivesse feito uma pergunta sobre o luar delicado. — E seu reflexo no lago fez morada, como quando brota por engano uma rosa azulada.

Inclino a cabeça, confusa.

— Como é?

— Nada além do tempo e do clima, em um mundo feito de rima — devolve ele.

Dou um pigarro.

— Desculpe, não estou entendendo. Eu... Eu queria saber se poderia me ajudar.

Os olhos do homem pousam em mim, como se tentassem decifrar minhas palavras, a mente vasculhando alguma linguagem antiga e empoeirada há muito esquecida.

— Vim de um dos reinos das celebrações, da Cidade do Halloween — explico com cuidado, ainda sem saber se posso confiar neste homem, se posso confiar em qualquer coisa aqui neste mundo estranho. — Ao que parece, deixei escapar uma criatura que acredito ter vindo do seu mundo. Ele é chamado de Sandman.

Os olhos do homem se desviam de mim à menção do *Sandman*, ligeiros como um animalzinho assustado.

— Ele colocou todos na minha cidade para dormir e... eu queria saber se conhece algum jeito de detê-lo? — Engulo em seco, percebendo que o homem parece cada vez mais inquieto. — Ou talvez alguma forma de acordar todo mundo?

O homem faz menção de dizer alguma coisa, a mandíbula retesada, as sobrancelhas franzidas, mas em vez disso ele prontamente apaga a vela com um sopro. Com as feições mergulhadas em escuridão, ele começa a se afastar de mim pelo caminho que corta as fileiras de lavanda, sem nem olhar para trás.

Sinto as costuras da minha boca se contraírem, ainda sem entender o que acabou de acontecer.

Mas, a alguns metros de distância, em uma das fileiras de lavanda, avisto uma mulher vestindo um pijama cheio de florezinhas de pêssego bordadas na gola. Ela ergue a cabeça para olhar para mim, uma vela acesa bem ao lado.

— Olá — arrisco baixinho. — Talvez você possa me ajudar...

Mas, antes mesmo que eu possa concluir a frase, ela puxa o gorro de lã para cobrir as orelhas e se vira para trás, voltando a atenção para o trabalho.

Embora nenhuma dessas pessoas pareça incomodada ao ver uma boneca de pano no meio de suas plantações, a menção ao nome do *Sandman* bastou para deixar todos inquietos, uma expressão preocupada escurecendo seus olhos sonolentos. Mas, com exceção do leprechaun, são as primeiras criaturas acordadas que encontrei em todos os reinos e cidades que visitei.

Ergo o olhar. Ao longe, além das fileiras de lavanda, além do declive do campo, há uma cidade rodeada por uma enorme muralha de pedra.

Cidade dos Sonhos.

O homem das rimas está avançando em direção a ela, e trato de fazer igual.

A trilha me conduz pelos campos, até um portal arqueado na enorme muralha de pedra — deve ter no mínimo dois andares de altura —, onde há duas portas de madeira grandalhonas, de aparência pesada, escancaradas. O topo da muralha é revestido de espetos de metal apontando para o céu silencioso, e gravadas na pedra clara e macia, logo acima das portas, estão as palavras *Cidade dos Sonhos*.

Meu olhar recai sobre os dois homens postados em ambos os lados do portão, ambos vestidos com pijamas azul-escuro, segurando longos cajados de madeira como aqueles usados para pastorear ovelhas — exceto que os empunham com firmeza, como se fossem armas. Uma maneira de manter os intrusos afastados.

Esta cidade é diferente das outras.

Suas fronteiras são protegidas, vigiadas — para impedir que algo entre... ou saia.

Sinto um arrepio percorrer as linhas da minha costura.

O homem à minha frente acena para os dois guardas, depois atravessa o portão aberto a passos rápidos.

Fico esperando que os dois guardas me parem, perguntem quem sou e o que vim fazer aqui — que ergam os cajados de pastor para impedir minha passagem —, mas eles apenas acenam com a cabeça e não fazem nenhum movimento para obstruir meu caminho.

Mais uma vez, fico surpresa por ninguém estar alarmado com minha chegada repentina, uma boneca de pano vinda de outro reino. Entretanto, apenas continuo seguindo o homem com o cesto de lavanda portão adentro, depois me detenho para admirar a cidade sonhadora, iluminada pelo crepúsculo, cheia de vozes murmuradas — um som que faz as folhas no meu estômago se agitarem, depois de ter testemunhado o silêncio sepulcral de todas as outras cidades.

O homem com o cesto de lavanda desaparece por uma viela lateral, e enquanto isso avanço lentamente em direção à primeira fileira de construções, as paredes lisas e brancas como argila, com tufos de palha escapando por baixo dos telhados. Empoleirada na esquina de uma delas, posso sentir o cheiro de lenha e cravos escapando por entre as janelas escancaradas e se espalhando no ar noturno. Sinais de que as pessoas ainda estão acordadas aqui. Quase choro de alívio ao perceber que há uma cidade inteira acordada.

Vejo, à minha esquerda, uma mulher e uma garotinha com sardas na ponta do nariz subindo a rua em minha direção, ambas vestindo pijamas cor de hortelã, e quando estão perto o suficiente, eu começo a falar, ainda escondida nas sombras.

— Olá — cumprimento baixinho, sem querer assustá-las.

A mulher ergue o olhar, um sorriso hesitante despontando em seus lábios.

— Estou procurando alguém que possa me ajudar.

O sorriso da mulher chega aos olhos, gentil, suave, e a garotinha mordisca o lábio inferior, depois fica na ponta dos pés antes de voltar a firmá-los no chão. Dá para ver que está inquieta, e não para de puxar a mão de sua mãe com impaciência.

— Vim de uma das cidades das celebrações — explico, assim como fiz para o homem no campo de lavandas. — E, sem querer, acredito que acabei deixando uma criatura de seu mundo escapar.

A mulher arqueia as sobrancelhas, a boca crispada em uma linha fina, antes de enfim responder:

— Uma história sussurrada é perdida, esquecida na antiguidade, a menos que haja um enigma que possa revelar a verdade.

Eu a encaro por um momento, tentando decifrar o significado de suas palavras.

— Desculpe, por acaso tem alguma pessoa mais direta com quem eu possa conversar?

A mulher não diz nada e se limita a me encarar enquanto a garotinha balança para a frente e para trás, *para a frente e para trás*, como se estivesse em um balanço.

Hesito por um instante, sem saber se deveria dizer o nome em voz alta, mas percebo que não tenho escolha.

— Acho que a criatura é conhecida como Sandman — revelo quase em um sussurro, o olhar fixo ao da mulher. — E eu preciso detê-lo.

A garotinha para de se balançar na ponta dos pés, depois arregala os olhos e escancara a boca, e a mulher aperta sua mão com força, como se de repente estivesse com medo de soltá-la. Como se estivessem com medo de mim. A mulher nega com a cabeça, o pânico faiscando em seus olhos, depois puxa a garotinha para longe, rua acima, espiando-me por sobre o ombro várias vezes antes de desaparecerem em um prédio, batendo a porta a suas costas.

Mesmo que eu conseguisse entender o que estão dizendo, a verdade é que basta mencionar o nome do Sandman para que os moradores da Cidade dos Sonhos batam em retirada, sem me dar tempo de tentar descobrir mais respostas.

O nome *Sandman* os assusta. Basta ouvir para que o pavor invada seus semblantes.

Por cima do ombro, ainda posso ver o portão aberto e os campos e a floresta logo além. Mas sei que não posso voltar atrás. *Já vim tão longe.* Deve ter alguém disposto a me ajudar. Alguém que eu consiga entender, alguém que não vai fugir em disparada quando me ouvir dizer o nome do Sandman.

Eu me afasto da esquina e avanço até o coração da Cidade dos Sonhos. Tento seguir pela sombra sempre que posso, o que não é difícil em uma cidade que está condenada a um crepúsculo eterno. O sol não está visível no céu, mas uma estranha luz cintilante paira no horizonte, como se tivesse acabado de se pôr ou estivesse prestes a nascer. Aquela hora perfeita, carregada de magia.

Passo por chalés com velas acesas nos parapeitos das janelas, varandas com cadeiras de balanço onde as pessoas se aconchegam, com um livro no colo enquanto bebericam de uma xícara fumegante de leite dourado ou chá com cheiro de camomila e dama-da-noite. A cidade inteira parece ter saído de um conto de fadas, um velho mundo congelado no tempo.

Todos têm bochechas rosadas e olhinhos de meia-lua, e vestem pijamas de algodão macio e meias grossas de lã com longos gorros de dormir, e alguns carregam castiçais para iluminar o caminho. Mas toda pessoa com quem tento conversar me responde por meio de enigmas, rimas ou historinhas de ninar, com vozes suaves e pausadas, como se estivessem em um estado intermediário de sonolência. Não totalmente acordadas. Mas também não completamente adormecidas.

Ainda assim, quanto mais me embrenho pela Cidade dos Sonhos, mais intensa fica a estranha sensação de estar sendo seguida.

Um arrepio se esgueira pela costura das minhas costas. Uma frieza que se espalha por minha pele de tecido.

Mas, toda vez que me viro para olhar, não há ninguém atrás de mim.

Nem mesmo uma sombra saindo de vista.

Tento falar com vários outros habitantes, porém todos me respondem com rimas confusas e, sempre que menciono o Sandman, tratam de arregalar os olhos antes de se afastarem depressa.

Por fim, chego ao centro da cidade, onde bancos de parque margeiam a rua circular, adornados com travesseiros e colchas feitas à mão — perfeitos para descansar, para tirar uma sonequinha rápida ao final do dia. Há vários moradores de pijama entregues a um sono silencioso, e me pergunto se seus dias são entremeados com cochilos, xícaras de chá à luz de velas e historinhas de ninar.

Do outro lado assoma um grande edifício de pedra, com vários andares, no qual se vê, acima das portas que cintilam à luz dos postes, uma placa de madeira com os dizeres "Biblioteca de Canções de Ninar".

Atravesso a praça e me ponho a admirar o enorme edifício. Não temos estruturas tão altas ou grandiosas assim na Cidade do Halloween. Até a nossa prefeitura mal chega à metade do tamanho desta construção. Postados ao lado das portas da biblioteca estão dois homens, ambos segurando longos cajados de pastor, assim como aqueles guardas no portão externo.

Por que alguém precisaria proteger uma biblioteca?

Acomodo-me em um dos bancos do lado de fora, as têmporas latejando, enquanto uma dor preocupante pulsa atrás dos meus olhos. Eu tinha tanta certeza de que, assim que pisasse na Cidade dos Sonhos, encontraria meu fim — caindo em um sono profundo ou alguma outra alternativa terrível — ou então toparia com alguém que soubesse como deter o Sandman. *Mas jamais imaginei algo assim*. Jamais imaginei uma cidade habitada por pessoas que falam em enigmas. Pessoas que não consigo entender. Que ficam tão horrorizadas à menção do Sandman que saem correndo em disparada.

Pego a linha esfiapada no meu punho, puxando-a para soltá-la. Nada é como achei que seria.

Se eu não arranjar uma forma de trazer o Sandman de volta a este mundo, não terei mais alternativas. Nenhuma outra cidade para visitar. Esta era minha última chance.

Cubro o rosto com as mãos e sinto a umidade manchando meu tecido, encharcando as folhas mortas do meu enchimento. Talvez não tenha como salvar Jack. Nem as outras celebrações; todos eles estarão fadados a dormir por toda a eternidade. *Sem parar, sem fim*. E escondido sob o desespero e a dor que assolam meu peito há outro sentimento, um que já estava borbulhando sob a superfície e agora começa a fincar raízes, entremeando-se aos meus ossos de tecido. *Culpa*. Se não tem como desfazer o que fiz, então não posso me livrar dela.

Nada de consertar as coisas.

Nada de reparações.

A RAINHA DO HALLOWEEN

Era isso que eu queria, afinal. Ficar sozinha. Ser qualquer outra coisa senão uma rainha. E agora consegui exatamente o que desejava. *E talvez eu bem que mereça.*

Minhas pálpebras finalmente sucumbem ao peso das lágrimas, mas não as enxugo. Deixo o choro verter livremente, permito-me afundar na imensidão pesada disso tudo. Do que fiz.

É tudo minha culpa.

E talvez eu nunca veja Jack outra vez — não acordado, não como o Rei das Abóboras. Ele está praticamente morto, assim como todos os outros. Cadáveres adormecidos com os olhos fechados e a mente perdida em pesadelos.

A dor arde contra meus olhos, e o sofrimento no meu peito é tão profundo e lancinante que tenho certeza de que vai me dilacerar. Enfio a mão no bolso interno do vestido e tateio em busca do pequeno trevo de quatro folhas que ganhei do leprechaun na Cidade de São Patrício. Ele disse que me traria sorte, mas até agora só recebi azar — nada é como eu esperava que fosse. Lágrimas encharcam minhas bochechas, e as linhas soltas se contorcem no meu estômago. Mas, entre os soluços, ergue-se uma voz.

Um fiapo de voz, quase inexistente.

— Senhorita — torna a dizer. — Senhorita, eles mandaram chamá-la.

Afasto as mãos do rosto, enxugando as lágrimas salgadas, e quando ergo o olhar dou de cara com um garotinho de pijama cinza-claro com orelhas de coelho costuradas no gorro. Ele sorri para mim, banguela de um dente, a ponta do nariz rosa como algodão-doce, como se tivesse acabado de acordar de uma soneca. E é bem provável que tenha mesmo.

— O que foi que disse? — pergunto, certa de que entendi errado, porque ele parece ter dito uma frase completa em vez de se comunicar por rimas e enigmas.

Ele dá um passo à frente e estende um pedacinho de papel dobrado, depois acena com a cabeça, os olhinhos piscando.

Pego o papel e o desdobro com cuidado.

Venha para a casa do governador.

Leio mais duas vezes, depois torno a dobrar o papelzinho.

— Onde fica a casa do governador? — pergunto.

O menino encontra meu olhar e responde:

— Vou lhe mostrar.

Eu o sigo rua acima, e percorremos dois quarteirões até que a viela termine abruptamente.

Um pouco mais adiante há uma casa branca de pedra sobre a qual se vê um amontoado de nuvens baixas. Pairam logo acima, como se tivessem sido penduradas ali de propósito, suspensas por um barbante, como um móbile em cima de um berço. Ou pintadas com aquarela e tinta branca.

Na porta principal há uma placa onde se lê: "Residência do governador".

O menino sobe os degraus de pedra até a porta da frente e levanta a aldrava de metal, batendo duas vezes contra a madeira maciça.

Um momento depois, ouço passos do outro lado. Não o arrastar pesado de botas, mas o suave *shush* de pés calçados com meias. A porta se abre e revela um homem alto e esguio de rosto barbeado, o pijama verde e azul iluminado pela vela que traz em mãos.

— Bom fim de tarde — cumprimenta ele sem rodeios, sem ocultar as palavras atrás de enigmas.

Fico me perguntando se essa é a saudação mais comum na Cidade dos Sonhos, já que o céu parece estar mergulhado em um eterno e ameno crepúsculo.

Ele olha para o menino, depois para mim, e me examina por um instante — os olhos faiscando — antes de consentir com a cabeça e abrir a porta para me permitir passagem.

— Por aqui — instrui.

Cruzo a soleira, mas o menino não me segue. Em vez disso, dá meia-volta e saltita até a rua, tendo concluído sua tarefa.

O homem alto me conduz a uma sala de estar comprida e estreita perto da entrada.

— Espere aqui — pede-me ele.

Está na cara que esse homem é um mordomo ou porteiro ou lacaio — ou seja lá como forem chamados neste reino — e não o governador em pessoa.

Fico parada no meio do cômodo, os olhos atentos a cada detalhe, a cada vaso e moldura. A sala está apinhada de almofadas macias, cobertores grossos de algodão dobrados e pendurados nas costas dos sofás, pufes e almofadas.

As janelas se estendem do chão ao teto e deixam entrar a luz do crepúsculo, enquanto velas de cera bruxuleiam sobre as mesinhas laterais redondas e em cima de pilhas de livros. O teto é pintado com uma cena noturna: centenas de estrelinhas e constelações contra um fundo azul-escuro. É o cômodo perfeito para tirar uma soneca de fim de tarde, pouco antes de se preparar para uma boa noite de sono. Volto ao centro da sala e leio as lombadas de vários livros empilhados sobre a mesinha de centro, depois pego alguns e acaricio as capas. São histórias de ninar, coletâneas de poesias e antigos contos de fadas.

— Ora, olá — cumprimenta uma voz profunda de barítono, vinda de algum ponto atrás de mim.

Viro-me de súbito, assustada, e o livro que estava segurando cai no chão com um baque.

Quando enfim avisto a origem da voz, as folhas do meu peito vão parar na garganta, me impossibilitando de dizer qualquer coisa. Não consigo pronunciar uma única palavra.

Porque, parados diante da porta, estão dois bonecos de pano iguais a mim.

Que coisa estranha passar a vida achando que é rara, incomum e esquisita. Que coisa estranha presumir que não existe mais ninguém como você na imensidão do universo. E só então perceber, em um piscar de olhos, que você *não é* a única.

O homem e a mulher me observam do outro lado da sala de estar comprida, com costuras quase idênticas ao longo das maçãs do rosto. Mas o homem tem uma costura no centro do queixo, ao passo que a mulher tem uma azulada logo acima do olho direito, feita com esmero por uma mão experiente. O cabelo dela é comprido, liso e vermelho-sangue, enquanto o do homem é castanho ondulado, penteado cuidadosamente para um dos lados. Assim como as pessoas nos campos e as que vi na cidade, vestem pijamas de seda combinando, arrematados por robes grossos do mesmo tom do céu noturno pintado no teto logo acima. O robe do homem tem uma lua crescente costurada no bolso do peito com fio azul-escuro, ao passo que o penhoar da mulher é adornado por estrelinhas amarelas.

— Somos os governadores da Cidade dos Sonhos — declara o homem, lançando um olhar para a mulher ao lado.

Há uma cadência tranquila em sua voz, simpática, confiável, e estou surpresa por conseguir entender o que diz; está falando por meio de frases completas e claras, não por meio de enigmas cansativos.

Em seguida, ele avança ainda mais pelo cômodo, caminhando até uma das cadeiras estofadas — mas não se senta, apenas continua a me observar.

— Sou Albert, e esta é minha esposa, Greta — acrescenta, depois dá um pigarro. — Ficamos sabendo que você tem feito perguntas pela cidade. Sobre o Sandman.

Ele me encara com curiosidade — talvez esteja tão surpreso quanto eu com tamanha semelhança. *Bonecos de pano de dois mundos distintos.*

— Isso mesmo — respondo, com mil pensamentos e perguntas alojados no fundo da garganta, enquanto uma onda de alívio me invade.

Consigo entender o que dizem e eles conseguem me entender. E não saíram em disparada ao ouvir o nome do Sandman. Engulo em seco e tento acalmar meus pensamentos acelerados antes de recomeçar.

— Meu nome é Sally. Eu vim da Cidade do Halloween, de onde sou... — Faço uma pausa, a palavra grudada na minha língua como uma lixa. — Eu sou a rainha. Meu marido, Jack, é o Rei das Abóboras.

Fico me alternando entre olhar para os dois; há algo estranho em suas expressões, uma lampejo de dúvida, talvez, como se não acreditassem em mim.

— Mas algo aconteceu — continuo. — Deixei a porta da Cidade dos Sonhos aberta por engano, e agora todo mundo está...

De repente a mulher, Greta, dá um passo à frente, os olhos vidrados, a boca repuxada nos cantos, como se tentasse entender alguma coisa, como se buscasse resolver um enigma nas feições do meu rosto.

— Sally? — pergunta ela, interrompendo-me no meio da frase. — Você disse que seu nome é — continua, estreitando os olhos — Sally?

Eu a encaro fixamente enquanto ela atravessa o cômodo até estar a dois palmos de distância, as costuras de seu rosto macio e pálido iluminadas pelo luar que se esgueira pela janela.

— Isso — respondo. — Sally.

Greta olha para mim como se já tivesse ouvido esse nome. Talvez alguns boatos de uma nova rainha na Cidade do Halloween tenham chegado aos outros reinos. Talvez seja o tipo de coisa que corre à boca miúda, de uma cidade para outra.

Ela levanta a mão de boneca de pano, a costura descendo pelas pontas de seus dedinhos, e toca meu cabelo longo e escorrido.

Meu coração para de bater.

Não é dúvida que vejo em seu rosto.

É reconhecimento.

A costura acima de sua sobrancelha se junta, as linhas azuis franzidas. As pálpebras de linho ficam úmidas.

— Sally — diz ela outra vez, tocando minha bochecha com a palma da mão. Tecido no tecido. Pele na pele. — Nós somos seus pais.

12

ACORDO EM UMA CAMA.
Lençóis de algodão branco.
Nuvens outonais pintadas com pinceladas finas no teto logo acima.

O quarto cheira a lilases e carretéis de linha esquecidos, a tecidos dobrados e deixados às traças. Eu me empertigo na cama e sinto a cabeça oscilar. As palavras voltam de uma vez, aquelas que fizeram minha mente girar, que fizeram o cômodo rodopiar até que tudo mergulhasse em escuridão: *Nós somos seus pais*.

A mesma vertigem inebriante e espiralada me invade outra vez ao relembrar o jeito que ela olhou para mim, como se me *conhecesse*. Como se eu fosse dela e ela fosse minha. Como se pertencêssemos uma à outra, em algum passado distante e esquecido. Um sonho, quem sabe. Uma época que nunca chegou a ser real. Ainda assim, quando ela me olhou e disse aquelas palavras, uma parte de mim quis acreditar.

Balanço a cabeça para afastar os pensamentos e dou uma olhada nos arredores. É um quarto perfeitamente quadrado, exceto por um cantinho em meia-lua com janelas com vista para a cidade crepuscular — ainda não é noite, nem dia. Há uma luz noturna perto da porta, cintilando em calidez ambarina, e uma caixinha de joias sobre a cômoda ao lado do armário — e em algum cantinho distante da minha mente, posso imaginar uma bonequinha lá dentro, uma bailarina de tutu amarelo que rodopia em um pedestal, embalada por uma melodia metálica quando a tampa é aberta. Parece uma memória. Como se eu já tivesse visto essa caixa. Conhecido. Tocado.

Meneio a cabeça outra vez, tentando clarear os pensamentos. Alguém passou a infância neste quarto. Leu livros no cantinho em meia-lua, fez pedidos à pálida luz das estrelas e brincou de fazer sombras nas paredes. Alguma pessoa dormiu, sonhou e se aconchegou debaixo das cobertas quando foi colocada para dormir por alguém que a amava.

Mas certamente não fui eu.

Ainda assim, o quarto parece tão familiar...

Familiar de um jeito errado. E, de alguma forma, impossivelmente certo.

Há uma batida suave na porta, que então se abre. Greta — a mulher que acariciou meu rosto com seus dedos macios — enfia a cabeça pelo vão.

— Sally? — chama baixinho, com cuidado. — Está acordada?

— Estou — respondo, em um sussurro infantil estrangulado que vem do fundo da garganta.

Ela entra no quarto, esfrega as mãos e pousa seus olhinhos de meia-lua em mim como se *eu* fosse apenas um sonho. Algo que ela desejou, mas não pudesse ser real.

— Acho que demos um baita susto em você — comenta, nervosa, enquanto desvia o olhar, como se não soubesse para onde direcioná-lo.

Como se eu fosse desaparecer se ela o mantivesse fixo em mim por muito tempo, nada além de uma lufada de névoa matinal pairando sobre um pântano, algo que se dissiparia ao ser alcançado pela luz do sol.

— Mas você também nos deu um baita susto, aparecendo aqui depois de todos esses anos.

Estico as pernas para fora da cama, a cabeça ainda aos rodopios.

— Como é que... — Detenho-me e começo de novo: — Não entendo. — Nego com a cabeça e olho para Greta, à procura das costuras de seu rosto. — Sinto muito, mas acho que vocês não podem ser meus pais.

É impossível. *Sem dúvida, uma história toda confusa e embaralhada.*

Ela solta o ar pela boca, como se o estivesse prendendo por muito tempo — anos, talvez décadas — e agora pudesse finalmente respirar. Por um instante, tenho a impressão de que ela vai se sentar na beirada da cama ao meu lado, tocar meu rosto outra vez, como fez na sala de estar, mas ela parece se conter, seus olhos me encontrando.

— Você era muito nova quando desapareceu — começa, e suspeito que esteja desenterrando uma história que não conta há muito tempo. — Só tinha doze anos... Foi alguns dias depois do seu aniversário, na verdade. — Ela faz uma pausa. — Você foi levada deste mesmo quarto, arrancada pela janela.

Ela caminha até lá, onde uma única vela queima com ardor, a cera amarela pingando no parapeito, e admira seu reflexo na vidraça — costuras irregulares e longos cabelos ruivos, idênticos aos meus.

— Mas nunca tive família — argumento, ressabiada, ainda me sentindo à deriva, como se fosse despencar no chão se tentasse me levantar. — Eu não nasci, fui criada... em laboratório por um cientista chamado dr. Finkelstein. Ele me inventou.

Greta se vira para mim.

— Nosso mordomo, Edwin, viu um homem de pele clara arrebatar você para a floresta naquela noite. Era um sujeito de olhinhos pequenos como seixos e uma cabeçona enorme. Este é o seu dr. Finkelstein?

Crispo os lábios. *Talvez*, penso.

— Ele estava em uma cadeira de rodas? — pergunto.

Ela parece confusa, depois nega com a cabeça.

— Acho que não.

Minha mente fica agitada. Pela descrição, parece o dr. Finkelstein, mas por que não estava na cadeira de rodas? Será que era mais jovem naquela época, ainda capaz de andar, de se esgueirar para outro reino e arrebatar uma menina direto de seu quarto? Será que a história de Greta é verdadeira?

— Tentamos ir atrás de você, tentamos mesmo — continua ela. — Mas as portas no bosque de árvores... os portais para as outras cidades... estavam bloqueadas do outro lado. Não dava para atravessar. Nossa cidade é velha, quase esquecida, e nossos portais para os outros mundos foram cobertos de mato, perdidos.

Ela engole em seco, depois cruza os braços.

— Aquela noite foi a última vez que vimos você.

As lágrimas escorrem de seus olhos, deixando uma trilha de manchas no rosto.

Lembro-me de quando encontrei a porta para a Cidade dos Sonhos, do emaranhado de trepadeiras que bloqueava a entrada. Talvez a porta tenha sido bloqueada de propósito, pelo dr. Finkelstein. Talvez quisesse garantir que ela nunca fosse encontrada para que ninguém da Cidade dos Sonhos se esgueirasse para o nosso mundo.

A RAINHA DO HALLOWEEN

Talvez haja um fundo de verdade na história de Greta.

Ela caminha até a janela, espiando além da cortina, depois tira algo do peitoril, revirando o objeto na mão. Um pote de vidro, vazio.

— Você se lembra disto? — quer saber ela, o canto da boca ligeiramente curvado, uma memória.

Nego com a cabeça.

— É o pote onde você costumava guardar todas as suas *raivas e tristezas*.

Sinto minha sobrancelha se arquear, as folhas se agitando no meu peito, a mente apinhada de perguntas.

— Quando era pequena — continua Greta —, sempre que estava brava ou triste com alguma coisa, você sussurrava dentro deste pote e depois fechava bem a tampa.

O sorriso está escancarado agora, e ela devolve o pote ao peitoril da janela.

— Você sempre se sentia melhor depois desse ritual.

Gosto de observá-la ali na janela, a luz suave repousando em sua pele costurada. E quero acreditar em suas palavras, acreditar nessas histórias de uma infância que pode ter sido minha, mas nada disso parece certo. Bem como a minha vida.

— Não me lembro de nada disso — confesso, depois me ponho a esquadrinhar o quarto, em busca de algo familiar que me ajude a lembrar da pessoa que eu poderia ter sido. Mas apenas a caixinha de joias me vem à mente... algo que poderia ter pertencido a mim em um tempo longínquo. — Se eu tinha doze anos quando fui levada, então deveria me lembrar de tudo, não?

Por fim, Greta vem se sentar ao meu lado na beira da cama. E a presença dela me traz uma sensação de conforto estranha... talvez até *familiar*. Talvez ela seja a coisa de que me lembro, minha mente me puxando de volta para este quarto, para ela.

— Não sei — admite ela, com franqueza. — Não sei por que algumas lembranças se perdem e outras grudam na mente feito carrapicho. Mas eu me lembro de segurar você no colo quando tinha apenas um dia de vida. Você era tão pequena, suas costuras de retalhos tão novas e intactas. Albert vivia me dizendo que eu precisava deixar você dormir sozinha, no seu próprio berço, no seu quarto, mas eu não conseguia. Naquele primeiro ano, você dormiu ao meu lado todas as noites. Escolhi seu nome em homenagem à minha avó, uma mulher que tinha os olhos grandes e brancos iguais aos seus e cuja risada se assemelhava ao pio das corujas em meio às árvores.

Ela sorri com a lembrança, uma ternura em seus olhos, os cílios voltados para baixo.

Pouso uma das mãos na costura que reveste meu peito, sentindo uma dor peculiar que vibra dentro de mim como uma memória. Sólida e real.

— Não entendo — repito, ainda incrédula, o peito apertado outra vez, o quarto inclinando-se um pouco para a esquerda, depois para a direita, antes de eu piscar para que tudo volte ao devido lugar. — Fui criada em um laboratório — murmuro. — Sou um experimento. Nada mais.

— Não — protesta Greta, colocando a mão sobre a minha, a voz suave como uma brisa fresca de inverno, como se ela pudesse desfazer o que já foi feito. — Você gostava de me acompanhar até o jardim. — Ela acena com a cabeça, como se a memória estivesse vívida na mente, como se tivesse acontecido ontem. — Gostava de se arrastar pelo solo encharcado de chuva, de arrancar bulbos de tulipa e mastigar cenouras beladona quando seus dentinhos estavam nascendo. Sempre assávamos biscoitinhos de meia-lua antes de dormir, e eu a ensinei a costurar quando você tinha apenas dois anos. Você aprendeu rápido, sempre tão precisa com agulha e linha. Já sabia remendar suas próprias costuras antes mesmo de aprender a andar.

Quero acreditar em sua história. Quero acreditar que tive uma infância comum. Que chupava meu dedo de tecido e cambaleava ao aprender a andar e recebia beijinhos na testa dos pais que me amavam mais que tudo. Uma menina de quem gostavam. Uma menina de quem sentiam saudade.

As lágrimas começam a brotar em meus olhos, mas não consigo contê-las. Greta me puxa para seus braços, e sentir o cheiro dela — de lençol limpo e chá quentinho de mel e camomila — é como mergulhar em um sonho cálido de verão. É como uma memória. Uma cócega no meu nariz. Até mesmo este quarto — as cores suaves da meia-noite, a curva do colchão sob meu corpo, onde uma garota dormiu certa vez — parece meu, de um jeito anormal, inesperado.

O meu formato, esculpido nas fibras desta cama. Um quarto que se lembra de mim.

Gravada no tecido do meu crânio está uma palavra que posso ouvir, uma que ecoa e fica mais alta à medida que me concentro nela: *lar*.

Talvez este *tenha sido* mesmo meu quarto. Minha vida.

Mas tenho medo de me permitir acreditar que pode ser verdade.

Outro pensamento me ocorre: talvez o dr. Finkelstein tenha dado um jeito de garantir que eu não me lembrasse desta vida. O estoque inesgotável de ervas, poções e produtos químicos malcheirosos armazenados no laboratório, incontáveis livros sobre todos os tipos de coisas sombrias. Talvez ele tenha me arrancado deste quarto, me levado para a Cidade do Halloween, e depois me envenenado para me fazer esquecer. Para que eu acreditasse que não passava de uma mera criação. Um diagrama na parede de um laboratório trazido à vida por eletrodos e fios.

Não uma menina com pais de verdade, nascida em um mundo feito de sonhos.

Todo esse tempo, acreditei em uma mentira terrível, miserável e imperdoável.

Mas por que o dr. Finkelstein me levaria embora? Eu me afasto de Greta — que talvez seja minha *mãe* — e tento me enxergar em seus olhos. Um passado distante que eu havia esquecido. Mas há muito barulho no meu crânio, muitas linhas puídas e esfiapadas.

Um momento depois, Albert aparece e bate baixinho na porta, trazendo uma xícara de chá fumegante.

— É de hortelã — avisa ele, adentrando o cômodo timidamente, como se já fizesse um bom tempo que não pisava ali. Um quarto que abrigava o fantasma da filha que ele perdeu. — Você adorava chá de hortelã quando era pequena — acrescenta, colocando a xícara na mesinha de cabeceira.

Abro um sorriso.

— Obrigada.

Greta enxuga as lágrimas do rosto.

— Você encontrou o caminho de volta para nós — diz ela suavemente.

Albert toca o ombro dela, os olhos também marejados. Mil noites sem dormir quando acreditou que jamais voltaria a ver a filha. Quando acreditou que *eu* estava perdida para sempre.

— Temos tanto tempo perdido a recuperar — comenta Greta, as bochechas curvadas com o sorriso, uma emoção calorosa despontando nos olhos. — Tantas coisas para conversar.

Mas basta ouvi-la dizer a palavra *tempo* para que uma faísca se crave no meu peito como uma faca, pois tenho certeza de que já perdi mais do que deveria.

— Vim até aqui porque aconteceu uma coisa muito ruim na Cidade do Halloween — apresso-me a contar, querendo que saibam de tudo, querendo que entendam. — Todo mundo está dormindo, em todas as cidades das celebrações, e a culpa é toda minha. — Engulo o doloroso soluço entalado na minha garganta, o pânico voltando a me dominar, mesmo na tranquilidade deste quarto. — Preciso da ajuda de vocês para acordar todo mundo. Preciso da ajuda de vocês para deter o Sandman.

As costuras ao longo das têmporas de Greta repuxam ligeiramente, e seu olhar se volta para Albert.

— Não é tão simples assim — avisa ela. Em seguida, levanta-se da beirada da cama e estende a mão para mim. — Venha, vamos lhe mostrar a Cidade dos Sonhos. Vai ajudar você a entender.

13

Juntos, nós três saímos de casa.

Uma boneca de pano e os governadores da Cidade dos Sonhos, que talvez sejam meus pais.

Albert e Greta ainda usam seus longos robes e pijamas de seda azul-escuro — a vestimenta padrão na Cidade dos Sonhos, e o céu tem a mesma tonalidade melancólica e crepuscular de quando cheguei. A lua cheia e preguiçosa e baixa.

— O sol nunca nasce aqui? — pergunto.

— Céus, de jeito nenhum — responde Albert, coçando a barba grisalha em seu queixo, a qual acredito estar sempre aparada com perfeição. — Seria muito difícil pegar no sono se o sol estivesse a pino. Esta é a quantidade de luz perfeita para descansar.

Ele aponta para o horizonte, em direção às estrelas que começam a despontar no céu, cintilando como furinhos de agulha em um tecido. E ele tem razão, a luz parece embalar toda a atmosfera de um jeito sonhador, sonolento. Como um estímulo constante para se entregar ao sono. Como se não fosse

A RAINHA DO HALLOWEEN

necessário nenhum esforço; uma pessoa pode adormecer enquanto ainda está de pé.

— Por que consigo entender vocês dois, mas todos os outros falam por meio de enigmas? — quero saber.

Alberto dá risada.

— Você também falava assim, sabe, quando era mais nova. É um bom jeito de praticar.

— Praticar para quê?

— Nosso papel na Cidade dos Sonhos é ajudar as crianças, e vez ou outra até mesmo alguns adultos, a adormecer. Nós lhes sussurramos histórias de ninar e poemas ao pé do ouvido para que consigam cair no sono.

Albert olha para mim, as bochechas rosadas ao longo das costuras do tecido que reveste sua pele, o cabelo grisalho bem curtinho, e quase consigo me lembrar de quando ele lia livros para mim à noite, deixando-me virar as páginas com minhas mãozinhas de boneca de pano. Ou talvez eu só queira acreditar nisso — fantasiar com uma vida onde ele poderia ter sido meu pai, com seus olhos gentis e bolsos cheios de bala de hortelã, trazendo meu chá favorito antes de dormir, com seu cabelo que cheirava um pouco a tabaco. Um pai que me amou, me ensinou sobre sonhos e enigmas em vez de me trancar em um porão com um rosnado cruel e contorcido.

— Você se acostuma depois de um tempo — continua ele. — Começa a gostar de conversar por enigmas, começa a entender. Essa se tornou a linguagem oficial daqui.

Albert sorri para Greta, como se compartilhassem um segredo, uma pitada de alegria que suspeito ter se perdido durante todos esses anos em que sua única filha estava desaparecida.

Mas trato de afastar esse pensamento mais uma vez, ainda me esforçando para entender a situação — para assimilar o fato de que posso ter nascido aqui. De que talvez não seja o que sempre pensei que fosse.

— Mas ainda usamos a linguagem antiga e direta quando é necessário — continua ele. — Quando ficamos sabendo que havia alguém fazendo perguntas a torto e a direito com a linguagem direta, não fazíamos ideia de que era você.

Ele enxuga rapidamente os olhos para que eu não veja as lágrimas.

Passamos por uma fileira de chalezinhos minúsculos, a fumaça espiralando das chaminés, o cheiro de biscoitos de lavanda e sálvia pairando no ar noturno. Respiro fundo, permitindo que o aroma doce envolva meus ossos macios de tecido, deixando-me levar pelas lembranças da garota que eu *poderia* ter sido. Como este lugar poderia ter me transformado em alguém diferente — uma garota que assava doces à luz do entardecer, em vez de misturar venenos para escapar de um homem que a mantinha prisioneira.

Sinto um aperto no peito, o peso de muitas lembranças que não se encaixam, mas, antes que as lágrimas possam verter dos meus olhos, um tremor repentino abala o chão a nossos pés, despertando-me de meu torpor. A vibração sacode as janelas dos chalés, deixa meus joelhos bambos.

— O que está acontecendo? — pergunto, o olhar disparando para o chão, depois para o céu.

Greta agarra meu braço e me puxa em direção a uma loja, cuja vitrine está apinhada de toucas de dormir de tamanhos variados e estampas listradas e pontilhadas — gorrinhos infantis com unicórnios e arco-íris multicoloridos, outros em simples tons de cinza com delicados bordados de estrelas e luas como os de Greta e Albert.

A RAINHA DO HALLOWEEN

Enquanto Greta e eu nos amontoamos na porta, Albert fica parado no meio-fio, uma mão protegendo os olhos enquanto espia a rua de paralelepípedos, como se esperasse alguma coisa.

Um segundo se passa, o som reverberante e esmagador cada vez mais alto, até que surge uma onda repentina de branco.

Demoro um instante para assimilar o que está acontecendo, para distinguir o borrão de lã esbranquiçada que irrompe pela rua.

Carneirinhos.

Há pelo menos trinta deles, estrondeando pela rua em direção ao centro da cidade, os cascos batendo contra os paralelepípedos, o ar quente saindo de suas narinas.

O movimento levanta uma nuvem de poeira da rua, e fecho os olhos para evitar as partículas enquanto o retumbar de cascos ecoa por entre os prédios, o peso de pelo menos cem carneiros reunidos, até que o último rebanho enfim passe correndo e Greta solte meu braço. Deixo escapar um suspiro, enxugando os olhos, e volto para a calçada.

— Eles correm soltos quando estão na Cidade dos Sonhos — comenta Albert, coçando a nuca. — Um grande incômodo, sem dúvida. Os carneirinhos-contados só se comportam direito quando estão no mundo dos humanos. Este rebanho ainda está em treinamento.

Há tufos de lã brancos espalhados pela rua, marcas de cascos nos paralelepípedos, e o ar ainda cheira a algo intenso e bafiento, como naftalina ou um suéter de lã úmido deixado para secar no varal. Mais acima na rua, de onde os carneirinhos vieram, há uma garotinha de camisola, as longas tranças negras balançando sobre os ombros, segurando um cajado de pastor — idêntico aos dos guardas no portão e aqueles diante da Biblioteca das Canções de Ninar —, exceto que o dela de fato é usado para pastorear rebanhos.

— Mil desculpas, governadores — pede ela ao passar, cumprimentando-os com um aceno de cabeça. — Prometo que eles estão melhorando.

Ambos sorriem para a garota, uma bondade tranquila estampada no olhar.

— Só trate de mantê-los longe das ruas, tudo bem? — responde Albert.

Ela assente com a cabeça enquanto corre atrás do rebanho que bufa e estrondeia para longe.

Depois que a garota já sumiu de vista, eu me viro para Greta.

— Faz quanto tempo que vocês são os governadores da Cidade dos Sonhos?

Vejo o brilho em seus olhos, uma expressão estrelada, como se entregue a um devaneio.

— Quase cem anos — responde ela com delicadeza. — Nossa intenção era que você assumisse o cargo quando estivéssemos cansados demais para continuar, mas então você se foi e...

A frase morre em seus lábios, e tento imaginar a angústia e o sofrimento que devem ter sentido tantos anos antes, ao perder uma filha assim, tão de repente. Deve ter sido o pior tipo de dor, um buraco no peito que jamais seria preenchido.

Mas então Greta toca minha mão, com um sorriso doce nos lábios, e continuamos subindo a rua.

Eles me conduzem por um jardim comunitário polvilhado de valerianas e damas-da-noite, as flores crescendo selvagens e perfumadas em pequenas fileiras. Greta aperta minha mão, e sei que este deve ser o jardim da minha infância, onde aprendi a andar entre as plantas, descobrindo o nome das ervas e a melhor época para colher pétalas de rosa. Onde deve ter começado meu amor pelas coisas que brotam do solo.

Logo além do jardim há uma estrutura de madeira que me parece um barracão de vasos, ou uma estufa, mas os dois me dizem que é um centro de pesquisa onde os cientistas da Cidade dos Sonhos estudam os sonâmbulos — tentando descobrir o melhor jeito de convencê-los a voltar para a cama. Além da cerca, há um pátio lateral onde várias pessoas de pijama perambulam sem rumo, esbarrando na cerquinha e tentando pegar objetos imaginários, enquanto outras duas fazem anotações em pranchetas e tamborilam o dedo no queixo, pensativas.

Ao que parece, tudo na Cidade dos Sonhos gira em torno do estudo ou encorajamento do sono.

Seguimos em frente, retornando ao centro da cidade, e de repente o pio longo e preguiçoso de uma coruja ressoa pelas ruas. Vários moradores se detêm para conferir as horas nos relógios de pulso.

— A coruja-relógio anuncia as horas na Cidade dos Sonhos — explica Albert. — É assim que marcamos o tempo.

— É uma coruja de verdade? — pergunto.

— Ora, mas é claro. É uma coruja branca que fica empoleirada no topo da Biblioteca das Canções de Ninar, o prédio mais alto da Cidade dos Sonhos, para garantir que seu trinado seja ouvido até mesmo nos confins mais longínquos da cidade.

Um homem e uma mulher passam por nós, cachecóis de lã enrolados no pescoço, combinando com pantufas felpudas nos pés.

— Governadores — cumprimentam os dois em uníssono, acenando para Greta e Albert com sorrisos cordiais.

— Vocês são os únicos bonecos de pano que vi aqui na Cidade dos Sonhos — comento, vendo-me refletida em suas feições, um sentimento inusitado até então.

As costuras da boca de Albert se curvam em um leve sorriso.

— Há mais alguns. Bonecos de pano como nós, e também vários ursinhos de pelúcia e coelhos orelhudos. São todos tecelões do sono, mas passam a maior parte do tempo no mundo dos humanos, ajudando a embalar o sono das crianças.

— O mundo dos humanos tem tantos fusos horários, então sempre há crianças adormecidas em algum lugar — explica Greta. — Por isso, passamos o dia na labuta, e cochilamos quando arranjamos um tempinho.

Ela olha para mim de novo, como se estivesse procurando a garota que eu costumava ser — ou a garota que eu poderia ter sido se tivesse continuado na Cidade dos Sonhos, se tivesse crescido dentro de suas muralhas. Eu já saberia todas essas coisas que ela tem que me explicar agora; poderia até estar me preparando para virar governadora.

Ainda assim, contudo, é difícil conceber qualquer uma dessas alternativas. É difícil imaginar uma vida diferente da que tive — conceber uma vida onde eu nunca teria conhecido Jack. Dou um pigarro, pensando nele adormecido em nosso quarto, com Zero flutuando com apreensão ao lado, mantendo-se escondido, fora de vista, enquanto o Sandman percorre nossa cidade. Não tenho tempo a perder.

— Preciso que me contem mais sobre o Sandman — peço sem rodeios. — O que ele é? Como faço para detê-lo?

O ar risonho se esvai dos olhos de Greta, e ela se vira para Albert, depois assente com a cabeça e dá um tapinha na minha mão.

— Nós mostraremos a você.

Os dois me conduzem por uma rua escura, sombras espreitando em cada esquina, até chegarmos a uma construção de pedra situada na periferia da cidade. É uma estrutura bem simples, com paredes cinzentas e telhado do mesmo tom, sem janelas nem placa anunciando sua finalidade.

— O que é isso? — pergunto.

— Esta é a nossa fábrica de Areia dos Sonhos — explica Albert, observando o prédio de dois andares.

Greta ainda segura minha mão com força, como se não fosse me soltar por nada no mundo.

— É aqui que é produzida a Areia dos Sonhos, uma mistura de poeira estelar, raios de luar e uma pitada de bocejos da árvore-bocejeira que cresce nos arredores da cidade, um pouco além do pântano de alcatrão.

— Mas você deve tomar cuidado para nunca se aproximar muito da árvore sem os trajes de proteção adequados — intervém Albert, arqueando as costuras das sobrancelhas. — O pólen azul-claro é muito potente e pode causar bocejos incontroláveis.

Basta ouvir a palavra *bocejo* para que eu comece a bocejar sem parar. E de repente me lembro de toda a areia que vi na Cidade do Halloween, mesmo nos outros reinos, e penso em como revestia o corpo adormecido de todos que encontrei. Foi produzida *aqui*. Nesta fábrica, na Cidade dos Sonhos. E assim como no portão e na biblioteca, há dois guardas postados diante da entrada, ambos parecendo um pouco sonolentos; um deles chega até a esfregar os olhos, o corpo apoiado no longo cajado de pastor que traz em mãos.

— Por que a fábrica precisa de guardas? — indago, relembrando a sensação da Areia dos Sonhos na minha pele, quando o Sandman soprou uma nuvem espiralada para dentro do nosso quarto.

Lembro-me de como se espalhou por toda a parte, enroscada em meu cabelo e enfiada debaixo das unhas.

Greta assente com a cabeça.

— Precisamos protegê-la.

— De quem? — pergunto em um fiapo de voz, pois já sei a resposta.

Os dois trocam um olhar rápido.

— Do Sandman — responde Greta suavemente, mantendo a voz baixa para que ninguém nos escute.

Engulo em seco e sinto o pulso acelerar, todas as peças se juntando de uma vez.

— Também havia dois guardas diante do portão da cidade.

— Isso mesmo. — Os olhos de Greta ficam frios de repente, as costuras retesadas ao longo do pescoço. — Só abrimos o portão por algumas horas do dia, para que nossos agricultores possam colher as plantações de lavanda. No restante do tempo, ele permanece fechado. E trancado.

Se eu tivesse chegado em qualquer outra hora, provavelmente teria dado de cara com o portão fechado, e talvez ainda estivesse lá fora, do outro lado da muralha.

— Vocês fecham o portão por causa do Sandman — digo, começando a entender. — Querem mantê-lo fora da cidade.

Não tínhamos uma muralha para nos proteger na Cidade do Halloween; não sabíamos que deveríamos temer as criaturas que podem se esgueirar por portas abertas.

— O Sandman está na minha cidade — continuo, a voz frágil como um caco de vidro, prestes a se estilhaçar. — Preciso da ajuda de vocês.

Greta crispa os lábios, a respiração baixa, depois assente com a cabeça.

— Venha — chama ela. — Já está na hora de a levarmos até a biblioteca.

A Biblioteca das Canções de Ninar lança uma sombra enluarada sobre a praça da cidade, pálida e comprida e aguada.

Passamos pelos guardas que vigiam a entrada e somos envolvidos pela extensão ecoante da biblioteca — um espaço enorme com três andares de altura, com quatro escadarias sinuosas em cada canto e uma passarela contornando as alas acima de nós. Todas as paredes são forradas com estantes de livros, e há dezenas de sofás e canapés espalhados pelo andar principal. O cômodo inteiro é iluminado pelas chamas das velas, conferindo-lhe uma atmosfera reluzente de se estar perdido em um labirinto de livros.

Jack teria adorado esta biblioteca; posso imaginá-lo perambulando entre os livros enfileirados, os dedos ossudos tocando as lombadas de cada tomo, os olhos brilhando de fascínio. Sinto uma pontada de preocupação ao pensar nisso, ciente de que, se não encontrar um meio de despertá-lo daquele sono profundo, Jack nunca mais vai viajar para outro reino; nunca mais vai entrelaçar os dedos nos meus e recitar poemas de livros há muito perdidos ou me beijar nos recantos escuros de uma biblioteca como esta.

Greta e Albert me conduzem pelo andar principal, onde há vários escritores empoleirados nos sofás, ao passo que outros cochilam em silêncio com cadernetas abertas no colo, a ponta dos dedos manchada de caneta.

Quando chego ao centro da biblioteca, puxo o ar para sentir o aroma inebriante de papel velho.

— Este é o coração da Cidade dos Sonhos — explica Greta, varrendo o ambiente com os olhos. — Todos os anos, nossos poetas escrevem centenas de canções de ninar neste cômodo, cantigas, histórias e enigmas para ajudar as crianças a cair no sono. Até mesmo seu pai chegou a escrever as primeiras teorias sobre devaneios nesta biblioteca. — Ela sorri para Albert, toda orgulhosa. — Foi ele quem inventou os devaneios, sabe? — continua, olhando para mim. — Uma maneira de os humanos sonharem com coisas absurdas e impensáveis em pleno dia, sem precisar dormir.

Recordo meus próprios devaneios, momentos em que conseguia me perder em pensamentos, principalmente na vida que levava antes. Vivia sonhando acordada com um futuro com Jack, fantasiando quem poderia me tornar se escapasse das garras do dr. Finkelstein.

Os olhos de Albert se enrugam nos cantos, como se estivesse envergonhado, e tento imaginá-lo mais jovem: o cabelo, agora grisalho, outrora castanho-escuro, as costuras esticadas e lisas, curvado sobre uma caderneta, conjurando novas ideias para a Cidade dos Sonhos.

— O Sandman estava entoando canções de ninar na minha cidade — conto a eles, com os olhos arregalados. — Tentando me atrair em sua direção.

A costura dos lábios de Greta se contrai em uma careta.

— Nós usamos as canções de ninar para ajudar as crianças a dormir, mas o Sandman as usa para outra coisa. — Ela cutuca o lábio inferior, como se soubesse que é chegado o momento de enfim me revelar tudo, mas as palavras parecem amargas em sua garganta. — Muito tempo atrás, o Sandman era o rei do nosso mundo. Mas não era gentil e bondoso como pintam as fábulas.

Ela se aproxima de uma mesinha com uma pilha de livros empoeirados, depois toca a lombada de um deles com a ponta dos dedos, a capa toda preta, sem título à vista. A princípio seu olhar suaviza, como se o livro não tivesse a menor importância, mas então ela começa a folhear as páginas até encontrar o que está procurando. Depois olha para mim, apontando para o livro. Quando espio por cima de seu ombro, um calafrio desliza por minhas costuras retesadas. Na página aberta há um desenho tosco de um homem de manto branco e barba grisalha — o Sandman.

— É este homem que você viu na sua cidade? — pergunta-me Greta.

Um nó se forma na minha garganta, mas aceno em concordância.

Ela fecha o livro depressa, a palma da mão ainda pousada sobre a capa.

— O Sandman era um ladrão de sonhos — continua ela, adotando um tom mais baixo para que as palavras não reverberem pelas estantes. — Ele se esgueirava para o mundo dos humanos e colocava as crianças para dormir só para afanar seus sonhos. Antigamente, era raro que as crianças sonhassem, pois o Sandman os roubava assim que caíam no sono.

Albert meneia a cabeça, a mandíbula contorcida de tensão, as mãos afundadas nos bolsos do robe.

— Ele era cruel e ganancioso, e tivemos que aumentar a produção de Areia dos Sonhos para compensar seus feitos. Ele roubava milhões de sonhos todas as noites. — Albert respira fundo, como se lhe doesse continuar. — Trabalhávamos dia e noite, sem parar, e mal dormíamos. Os poetas foram forçados a escrever canções de ninar até que os dedos estivessem em carne viva, até que os olhos ficassem inchados e vermelhos, até que mal conseguissem enxergar à luz de velas.

— Foi uma época sombria para a Cidade dos Sonhos — continua Greta, tocando o braço de Albert, um gesto gentil e reconfortante, uma expressão suave nos olhos. — Isso durou séculos, até que alguns de nós começamos a conversar em segredo enquanto o Sandman estava no mundo dos humanos.

— Sabíamos que tínhamos que detê-lo — acrescenta Albert, em tom inflexível.

Alguém se levanta do outro lado da biblioteca, estica os braços para se espreguiçar e então caminha lentamente em direção às portas, os passos ecoando pelas altas paredes forradas de livros.

Greta pigarreia, engole em seco e recomeça.

— Certa noite, enquanto o Sandman estava no mundo dos humanos roubando sonhos, começamos a construir a muralha. Fechamos a fábrica de Areia dos Sonhos, os escritores pararam de escrever sonetos, os agricultores voltaram dos campos e todos trabalhamos juntos para construir uma alta fortaleza de pedra ao redor da cidade.

Ela afasta uma mecha de seu longo cabelo ruivo e noto uma linha solta em seu punho, igualzinha à minha. Um hábito que compartilhamos quando estamos nervosas. E me pergunto: será que a linha solta ficou mais desfiada com o passar dos anos? Por acaso a preocupação que ela sentia pela filha desaparecida se mostrava em suas costuras esfarrapadas?

— Antes de o Sandman voltar, fechamos os portões e o trancamos para fora da Cidade dos Sonhos — conclui ela.

Sinto as folhas se agitarem no meu peito, imaginando como eles devem ter ficado assustados naquele dia.

A RAINHA DO HALLOWEEN

— Nós o banimos para a floresta nas fronteiras da cidade — continua Greta, soltando o ar pela boca. — E foi lá que ele permaneceu durante todos esses anos.

Alguém a algumas mesas de distância ronca alto, resmungando durante o sono, até receber uma cotovelada no ombro de outro escritor de cabelo grisalho e gorro verde-musgo e acordar de repente, esfregando os olhos.

— Depois disso, a cidade nunca mais teve reis ou rainhas, e o povo elegeu sua mãe e eu como os governadores oficiais da Cidade dos Sonhos.

Os olhos de Albert se desviam para as estantes que assomam até o teto, a biblioteca tão alta, tão expansiva, que sinto tontura só de olhar para cima.

— O Sandman tentou invadir a muralha várias vezes, faminto por sonhos — continua ele. — Mas conseguimos mantê-lo afastado todo esse tempo, condenado a vagar pelas florestas além da cidade. — Albert pigarreia, depois engole em seco. — Até que a porta para o seu mundo foi aberta e deu a ele uma saída. Ou melhor, uma entrada para outro reino.

Sinto o corpo estremecer, ciente de que fui *eu* quem abriu a porta, a culpa voltando a me corroer. Lembro-me de quando vi o Sandman pela primeira vez, esgueirando-se pelas sombras, verificando as criaturas já adormecidas sob seu sopro, esquadrinhando todos os becos e cantos escuros da cidade.

— Na Cidade do Halloween, o Sandman conseguia flutuar — conto, despertada do meu torpor. — Ele foi até a janela do nosso quarto e soprou areia em todo o cômodo. Por que ele não flutuou por cima da muralha que vocês construíram?

Greta puxa a linha solta em seu punho outra vez, inquieta.

— Ele só consegue flutuar até uma certa altura, seis metros no máximo, antes de a areia em seus bolsos o puxar de volta para baixo.

— E os agricultores? — pergunto. — Ele não poderia colocá-los para dormir e roubar seus sonhos enquanto estão nos campos de lavanda?

— Somos nativos da Cidade dos Sonhos — explica Albert, em tom brando. — Nós dormimos, é claro. Na verdade, é o nosso passatempo favorito. Mas a Areia dos Sonhos não nos afeta, então o Sandman não pode nos colocar para dormir e roubar nossos sonhos.

Sinto o choque percorrer meu corpo quando me lembro de quando tentei acordar Jack, quando o Sandman soprou uma nuvem de areia pela janela aberta, e os grãozinhos revestiram o chão, meu cabelo e a bainha do meu vestido. *Mas eu não caí no sono*. Toquei a areia e a espanei para longe, mas não senti a menor vontade de dormir. Na hora, cheguei a pensar que tinha sido um golpe de sorte, ou que não havia areia o bastante para me roubar os sentidos.

Mas agora entendo o motivo.

Agora vejo a verdade.

Eu *sou* da Cidade dos Sonhos.

Ou seja, a Areia dos Sonhos não tem efeito em mim porque nasci neste mundo. Eu *nasci*. Não fui criada.

Sinto o calor fervilhar atrás dos meus olhos e, de repente, sei que é verdade.

Greta e Albert são meus pais.

E eu sou a filha deles.

Este é o meu lar.

Quero me jogar em seus braços, sentir o alívio de tê-los contra o meu tecido de algodão e linho — *do mesmo material de que são feitos*. Mas minha mente não permite; ela me puxa de volta para Jack, Zero e os outros. É ainda pior do que eu imaginava: eles não estão apenas adormecidos, e sim perdidos em uma escuridão vazia onde não é possível sonhar. O Sandman arrancou seus sonhos e os tomou para si.

Eles estão, para todos os efeitos, mortos.

— Temos que detê-lo — declaro de repente, as folhas entaladas na garganta, o pânico correndo sob a pele.

Não se trata mais de salvar apenas os outros reinos das celebrações, ou mesmo Jack. Temos que impedir o Sandman de se aventurar no mundo dos humanos e mergulhar todas as pessoas de todas as cidades e províncias em um sono profundo. Temos que impedi-lo de roubar mais sonhos.

Antes que todo mundo, *em todo lugar*, esteja dormindo.

O pio da coruja ressoa do topo da biblioteca, marcando que mais uma hora se passou. Seus trinados ecoam doze vezes pelo cômodo gigantesco. Doze chirriados antes de tudo mergulhar em silêncio.

— É meio-dia — informa Greta, como se sentisse o tempo nos escapando, a urgência do que precisa ser feito.

— Por favor — imploro. — Precisamos ir para a Cidade do Halloween. Precisamos trazer o Sandman de volta para o lugar dele, aqui na Cidade dos Sonhos.

Minha mãe deixa escapar um suspiro profundo. *Mãe* — a palavra já parece vir com mais facilidade, como se tivesse voltado a se enraizar em um lugar de onde nunca deveria ter saído. Onde se encaixa perfeitamente.

Meu pai baixa os olhos.

— Sinto muito, Sally — diz minha mãe por fim. — Seu pai e eu já decidimos o que precisa ser feito.

— Como assim?

— O Sandman está no seu mundo, na Cidade do Halloween. Esta é a nossa chance de impedir que ele volte para cá.

Eu a encaro, confusa.

— E o que vão fazer?

Seus olhos cintilam com as lágrimas não derramadas, mas, quando rompe o silêncio, sua voz soa firme e verdadeira.

— Vamos destruir nosso bosque de árvores. Vamos garantir que ele nunca mais volte para a Cidade dos Sonhos.

— Vocês não podem fazer isso! — grito.

Já não estamos mais na biblioteca. Quando perceberam a fúria que irrompia no meu peito, a voz elevada na garganta, meus pais se apressaram em me levar de volta para minha casa de infância, onde outros não poderiam ouvir a irritação em minha voz. A raiva e o medo se revirando no meu estômago.

— Temos que fazer esse sacrifício — argumenta Greta, minha *mãe*, com um tom suave, parando a poucos metros de mim na longa sala de estar, as velas bruxuleando, o ar cheirando a dama-da-noite. — Para evitar que o Sandman volte para a Cidade dos Sonhos. Aí finalmente vamos poder derrubar a muralha, não teremos mais que vigiar a fábrica de Areia dos Sonhos, e enfim poderemos nos embrenhar pela floresta outra vez, colher nossas lavandas, sem um pingo de medo.

— Mas assim vocês não vão ajeitar as coisas — protesto, sentindo as lágrimas se acumulando atrás de minhas pálpebras de algodão macio. — Jack e todos os outros, todas as criaturas dos outros reinos ainda estarão dormindo.

Meu pai solta o ar pela boca e caminha até a lareira, apoiando a mão de tecido na cornija de madeira.

— Temos que proteger a fábrica — justifica ele, erguendo os olhos para mim. — Não podemos permitir que o Sandman volte para cá e encha os bolsos com a Areia dos Sonhos.

— Mas deve haver alguma maneira de detê-lo! — insisto, o desespero instilado em cada palavra, minha voz elevada, oscilante, como se estivesse prestes a se despedaçar.

Eu me viro para encarar minha mãe, na esperança de que concorde comigo, de que ofereça outra solução que não seja destruir o bosque de árvores — a única forma de retornar para a Cidade do Halloween e para os braços de Jack. Mas ela se limita a balançar a cabeça, os olhos transbordando tristeza e arrependimento.

— Eu gostaria muito que houvesse outro jeito. Mas estamos de mãos atadas. Não tem como deter o Sandman, então só nos resta proteger o que sobrou: nossa cidade, a Areia dos Sonhos e aqueles que ainda estão acordados. Sinto muito, Sally.

Pressiono os olhos com as mãos para conter as lágrimas.

— Não podemos simplesmente nos isolar dos outros mundos — rebato, deixando as mãos penderem frouxas ao lado do corpo. — Não podemos simplesmente deixar todo mundo... dormindo.

Minha mãe está contorcendo tanto as mãos que as costuras parecem prestes a romper.

— Não tem como acordá-los, Sally. Sinto muito, mas os sonhos de todos eles pertencem ao Sandman agora.

Minhas têmporas latejam feito um tambor.

— Sinto muito, Sally — diz meu pai, ecoando as palavras de minha mãe.

Eu me afundo em um dos sofás macios e apoio as mãos nos joelhos de tecido.

— Você abriu um portal para o seu mundo — retoma minha mãe. — E o Sandman fugiu. Lamento muito pelo que aconteceu com a sua cidade, mas você também salvou a nossa. Você nos livrou do monstro que nos aterrorizou por mais de um século. Você nos salvou, Sally. — Ela se acomoda ao meu lado no sofá, depois baixa a voz para acrescentar: — Então, entenda, não podemos desperdiçar esta oportunidade. Temos que impedir que o Sandman volte.

Meu pai afasta a mão da cornija da lareira e me olha como se soubesse que está partindo o coração da filha.

— Não temos escolha, Sally — concorda ele. — O Sandman foi embora da Cidade dos Sonhos, e agora não podemos permitir que ele volte para cá.

Sinto um nó entalado na garganta. Não imaginei que as coisas aconteceriam desse modo. Quando meus pais apareceram e revelaram quem realmente eram, fui arrebatada por um turbilhão de emoções, atordoada de descrença, mas também algo além: eu tinha certeza de que eles saberiam como derrotar o Sandman, que voltaríamos juntos para a Cidade do Halloween, salvaríamos Jack, e eu finalmente teria um final feliz para a minha história. Os sinos tocando e Jack acordando para me encher de beijos.

Jamais imaginei que, na verdade, minhas esperanças seriam dizimadas, dando lugar a um medo cada vez maior e a lágrimas que não param de verter.

— Mas Jack e os outros, eu... Eu não posso simplesmente abandoná-los — declaro, a voz vacilante, cada palavra uma lâmina.

— Eu sei que você se preocupa com eles — começa minha mãe, os dedos entrelaçados aos meus enquanto os acaricia, seu toque delicado como as pétalas de peônias sedosas e bem-cuidadas.

Um toque que, de alguma forma, ficou marcado na minha pele: mãos que prenderam meu cabelo em longas tranças atrás das costas, mãos que enxugaram as lágrimas quando rasguei uma das minhas costuras em uma farpa no jardim. Essas lembranças não são claras e precisas; repousam como nuvens cinzentas em um vendaval, vistas por um mero instante antes de evaporarem por completo.

— A Cidade do Halloween nunca foi sua casa — continua ela com delicadeza, chegando cada vez mais perto da verdade. — Você pertence à Cidade dos Sonhos. Este sempre foi seu lar.

Meu pai assente, desviando o olhar da lareira.

— Aqui é o seu lugar, minha querida.

— Você passou tantos anos desaparecida. — Minha mãe aperta minha mão como se tivesse medo de soltá-la, como se achasse que eu fosse escapar por entre os dedos outra vez. — E agora finalmente voltou para nós. Sei que é difícil perder aqueles com quem você se importa da Cidade do Halloween, mas agora está em segurança aqui. Vai ser difícil no começo, mas acho que pode ser feliz aqui na Cidade dos Sonhos, com seu próprio povo. Em um mundo onde você é amada. Em um mundo que é seu lar.

— Eu era amada na Cidade do Halloween — retruco.

Mas as palavras mal saíram de minha boca e já não sei se são verdadeiras. Jack me amou, é claro. Mas e os outros? Quase não notavam minha existência antes de eu me casar com Jack. E agora, como rainha, não passo de um título, uma boneca que eles devem vestir e transformar em algo novo — algo brilhante, adequado e digno.

    Ainda assim, sei que meus pais estão tentando me ajudar a entender seu ponto de vista; querem que eu me sinta em casa aqui. Mas meu coração está despedaçado. *Não posso deixar Jack para trás.*

    Minha mãe envolve meu rosto em suas mãos.

    — Nós somos sua família. Já a amávamos muito antes de você vir para cá, muito antes de você descobrir que somos seus pais. Não é uma forasteira na Cidade dos Sonhos... você está em casa. *Este* é o seu lar.

    Suas palavras reverberam por cada costura do meu corpo, um pensamento se formando pouco a pouco no fundinho da mente. *Talvez ela tenha razão.* Talvez eu nunca devesse ter construído uma vida na Cidade do Halloween.

    Era a vida errada.

    E aqui, talvez, eu possa me tornar quem sempre quis ser.

    Estou atordoada, como se meu enchimento estivesse vazando pelas costuras, como se estivesse prestes a desmaiar.

    Nada faz sentido. Quero gritar ou chorar ou me afundar no chão e me desfazer até não sobrar nada além de uma pilha de retalhos.

    Mamãe me pega pelo braço e me conduz pelo corredor até meu antigo quarto de infância.

    — Você só precisa descansar um pouquinho — aconselha com delicadeza, sentindo o pânico que dilacera meu peito, a raiva, o medo e o turbilhão de emoções.

Quero resistir, dizer a ela que não vou dormir, que *não posso* dormir.

Mas os pensamentos embaralham minha cabeça, e só quero me aninhar na maciez da cama que costumava ser minha, na quietude de uma casa que já começou a parecer familiar, como se estivesse entremeada ao meu tecido todos esses anos, mas só agora descobri. Lembro-me de mãozinhas minúsculas tracejando as paredes, de coreografias com novas sapatilhas de bailarina, de risadas, de me jogar na cama e me esconder debaixo dos cobertores. Tinha uma boa vida aqui, não tinha? Até que o dr. Finkelstein a roubou de mim.

— Não posso abandonar Jack — torno a protestar quando chegamos ao meu quarto.

Mas posso ouvir o cansaço em minha voz, como se eu fosse uma garotinha outra vez. Como se não restasse um pingo de força em meu corpo.

Minha mãe suspira, a boca retesada em uma linha fina. Tento me ver em seu rosto: olhos grandes como uma xícara de chá, os cílios compridos como patinhas de aranha, a linha azul unindo suas costuras imperfeitas. Quanto mais a observo, mais sei que sou parte dela — feita do mesmo tecido.

— Durma um pouco — aconselha com doçura. — Quando você acordar, tudo parecerá mais claro.

Sei que ela está certa. Sinto a pele repuxar, os pensamentos se debatendo para lá e para cá como um morcego preso em uma caverna. Preciso mesmo de um descanso.

— Vai me esperar acordar antes de destruir o bosque? — pergunto.

Ela fita a janela do outro lado do quarto, a luz aquosa do crepúsculo se esgueirando através da cortina, e assente com a cabeça.

Acomodo-me na cama que costumava ser minha.

O colchão é pequeno demais para o meu tamanho, meus pés resvalando na moldura da cama, mas, ainda assim, o centro afundado do colchão traz uma sensação de conforto e segurança, tanto que chego a sentir os olhos arderem em lágrimas. Já não sou mais a mesma garota que costumava dormir nesta cama. Ela foi raptada, levada para um quartinho dentro de um observatório, onde lhe disseram que tinha sido criada, não nascida. Onde mentiram para ela.

Fico me perguntando se meus pais estão certos. Se este é mesmo o meu lar. Esta casa. *Esta cidade*. Por mais que esteja com a cabeça latejando de tanto cansaço, me ponho a admirar o mural de estrelas e constelações que adornam o teto. Não consigo imaginar uma vida sem Jack. Mas, se meu pai tiver razão e não houver outra alternativa — se não existir nenhuma forma de acordar os outros, e se não existir um meio de deter o Sandman —, então talvez aquela vida já tenha morrido. Levada para longe como teias de aranha em uma tempestade de inverno.

Talvez seja necessário destruir o bosque de árvores para garantir a segurança do que restou.

E *talvez* uma vida aqui na Cidade dos Sonhos, mesmo sem Jack, seja melhor do que vida nenhuma.

Sinto uma pontada aguda no peito e me levanto da cama, caminhando até a janela. A cidade está mergulhada em silêncio, e quase não se vê ninguém passeando pelas calçadas; talvez a noite tenha *finalmente* caído, o momento em que a biblioteca fecha as portas e todos tiram algumas horas para descansar.

Tento imaginar uma vida aqui neste reino, conceber quem eu teria sido se nunca tivesse partido. Talvez eu tivesse me apaixonado por um rapaz que compõe canções de ninar, que passa os dias na biblioteca, rabiscando sonetos.

— Talvez não fosse tão ruim assim — digo baixinho, pensando com os meus botões.

Mas qualquer outra pessoa que eu pudesse conhecer nessa outra vida — qualquer um que me olhasse por cima de uma pilha de livros, ou segurasse minha mão, ou colhesse narcisos amarelos no jardim e os deixasse no parapeito da janela para eu encontrar pela manhã — não seria Jack. Meu coração nunca poderia amá-los com essa mesma intensidade profunda, vertiginosa.

Eles nunca seriam suficientes.

Um frio se espalha por minha garganta, aquele sentimento terrível e arraigado quando você perde o último fiapo de esperança. Quando a escuridão se crava bem lá no âmago e não deixa mais nada. Mesmo se eu voltasse para a Cidade do Halloween, não teria nada à minha espera. Apenas sombras. Sem Irmãs Bruxas ou Irmãos Vampiros, sem fantasmas ou Lobisomem ou Menino Múmia. É como se estivessem mortos, cadáveres deixados para apodrecer em seus pesadelos.

Esta vida — aqui na Cidade dos Sonhos — pode ser tudo o que me resta.

Pego o vidrinho vazio no parapeito da janela, o pote onde minha mãe disse que eu guardava todas as minhas *raivas e tristezas*. Será que é grande o suficiente para conter o mar de angústia que me assola neste momento? Ou por acaso o vidro se estilhaçaria se eu tentasse?

Não tenho tempo a perder com infantilidades. Por isso, devolvo o vidrinho ao parapeito, com os dedos trêmulos, e depois me afundo no chão do quarto, as lágrimas se esgueirando por entre as pálpebras, criando prismas no meu campo de visão.

Pressiono os olhos com as mãos e permito que o choro venha. Permito que a tristeza me soterre com seu peso terrível, insuportável. Uma tristeza que me sufoca. Que me mata. Sei que estou deitada no chão do meu quarto, mas não queria estar aqui. Eu gostaria de nunca ter fugido da Cidade do Halloween, de nunca ter me embrenhado pela floresta, arrancando meu vestido de Rainha das Abóboras e minha coroa de penas de corvo. Gostaria de nunca ter encontrado a porta para a Cidade dos Sonhos. Gostaria de ter ficado com Jack, de ter permitido que as irmãs me espetassem com seus alfinetes e insistissem para que eu usasse o mais alto dos saltos. Teria me sentido sufocada por tudo isso, mas não chegaria perto da dor lancinante que me aflige agora.

Gostaria de poder desfazer tudo.

Porque, se esta é a página final da minha história, se este é o último capítulo, não sei se serei capaz de aguentar.

Abro os olhos, ardendo com as lágrimas salgadas, e avisto uma pilha de livros enfiada debaixo da cama. Não estão escondidos, apenas guardados atrás das cobertas como se por descuido. Eu me imagino ainda menina, encarregada de arrumar o quarto, empurrando-os apressadamente para fora de vista.

Apoio os joelhos no chão e rastejo até a cama para apanhá-los. Há outras coisas além dos livros: uma bonequinha de tricô com vestido carmesim, o laço no cabelo coberto de poeira; um conjunto de brinquedinhos de madeira; uma corda toda esfiapada; e vários carretéis de linha em vários tons de azul: cerúleo como o mar, safira como uma pedra preciosa, índigo como o céu após uma tempestade de verão. Mas são os livros que arrebatam toda a minha atenção, e eu me afundo no piso, enxugando as lágrimas do rosto.

Os títulos não parecem familiares, a maioria das lombadas desgastadas, dobradas ao meio de tanto ler. São livros lidos e relidos, gastos, cheios de manchas de dedos e cantinhos dobrados.

Há livros sobre *Criação de sonhos para pessoas insones* e *Princípios básicos para contar carneirinhos*, além de enciclopédias sobre os métodos de sono, teorias sobre devaneios, cochilos e sonâmbulos. Pego um livro de receitas intitulado *Tônicos para dormir*, repleto de instruções de como preparar leite dourado e chocolate quente com caramelo. Há um livro sobre os melhores travesseiros para quem dorme de lado, de bruços e de barriga para cima, e ainda um manual para construir seu próprio colchão feito de fibras recicladas e lã de ovelha. E, por último, há um livro intitulado *Conceitos essenciais do sono: Edição Cidade dos Sonhos*.

Este livro está mais gasto do que todos os outros, quase todas as páginas com orelhas, parágrafos inteiros sublinhados. É um manual, um guia básico para os moradores da Cidade dos Sonhos.

Corro os olhos pelos capítulos sobre os minérios que compõem a Areia dos Sonhos, a importância do luar durante o sono, como evitar que as crianças tenham pesadelos e, finalmente, como fazer até mesmo os humanos mais inquietos caírem no sono — aqueles que tomam café depois das oito da noite e ficam vidrados nas telas antes de dormir. Mas meu olhar se detém na última frase do livro, as palavras rodopiando sem parar na minha cabeça: *Todos, em todos os lugares, podem pegar no sono. Alguns só precisam de um empurrãozinho.*

Ergo o rosto para contemplar a janela, o luar do crepúsculo se esgueirando pela cortina.

— Talvez eu tenha entendido tudo errado — digo em voz alta.

A RAINHA DO HALLOWEEN

Talvez exista um jeito de salvar Jack e todos os outros —
algo que não havia me ocorrido até então, mas que agora me
parece tão óbvio, tão claro, que é como se estivesse na ponta da
língua esse tempo todo. Como se eu já soubesse desde o início.

Levanto-me do chão, ainda com o livro em mãos, as lágrimas secando nos cantos dos olhos enquanto uma onda de
adrenalina me invade. Tenho que ir atrás dos meus pais.

Mas quando corro em direção à porta do quarto e tento
girar a fria maçaneta prateada... ela não se move.

Tento outra vez. Chacoalho a maçaneta, pressiono o ombro
contra a porta.

Mas não abre de jeito nenhum.

Pois a porta está trancada.

— Ei, me tirem daqui! — grito.

Meus punhos macios batem contra a porta de madeira, indefesos, inúteis.

— Por favor! — berro outra vez.

Mas não há passos no corredor, nem vozes chegando para me salvar. A casa parece vazia, mergulhada em um silêncio sepulcral, quieta como um porão.

Corro para a janela e escancaro ainda mais as cortinas. A princípio, tudo parece idêntico a como estava momentos antes, mas de repente eu os vejo: meus pais saíram da casa, a mão dele apoiada nas costas dela, e os dois descem os degraus da frente e seguem em direção à rua, os robes apertados contra o corpo. Para se protegerem do frio.

E em meio à luz difusa do crepúsculo, avisto várias outras pessoas deixando suas casas, reunindo-se com meus pais na rua. Ficam ali, aglomerados, aos cochichos, antes de concordarem com a cabeça.

De repente, me dou conta do que está acontecendo.

Já sei para onde eles estão indo.

Bato na janela com a mão espalmada, depois grito através da vidraça. Mas ninguém se vira para olhar. Ninguém consegue me ouvir. Já estão muito afastados, subindo a rua em meio ao crepúsculo tênue e ralo, em direção ao portão no outro extremo da cidade.

Deixo a mão cair ao lado do corpo, pois já sei. *Eu sei.*

E a traição me apunhala bem no meio do coração já partido.

Pois eu sei que eles estão indo para o bosque de árvores.

Sei que vão destruir as portas.

Sei que mentiram quando disseram que me esperariam.

Guarde os pensamentos nessa sua cabecinha, onde devem ficar, o dr. Finkelstein costumava me dizer. Ele queria uma filha que ficasse quieta, que fizesse tudo o que lhe mandavam. Silenciosa e obediente. Mas nunca fui assim. E não é agora que isso vai mudar.

Corro de volta para a porta e puxo a maçaneta com força, esperando conseguir arrancá-la, mas ela não cede nem um centímetro. *Presa, presa, presa,* repete minha mente, as paredes encolhendo ao meu redor.

Meus pais me trancaram no meu quarto — igualzinho a como o dr. Finkelstein costumava fazer — e agora vão derrubar as árvores, meu único jeito de voltar para casa, de voltar para Jack, Zero e todos que conheço. Eles sabiam que eu tentaria impedi-los, então me enganaram. Mentiram para mim.

Colo a orelha à porta, tentando ouvir alguma coisa. Talvez Edwin, o mordomo, ainda esteja na casa. Esmurro a madeira resistente, chamando-o. Mas ele não vem.

Mesmo se *puder* me escutar, provavelmente recebeu ordens de não me deixar sair.

Corro de volta para a janela e tento deslizar a esquadria, mas está emperrada, cheia de ferrugem depois de tantos anos fechada — anos e anos em que estive fora, o quarto inabitado, sem ser arejado pela brisa tranquila da noite.

As lágrimas escapam por entre os cílios, umedecendo minhas bochechas de algodão e embaçando minha visão.

Um medo profundo se agita nas minhas entranhas, as folhas rodopiando como se sopradas por um vendaval. *Preciso dar um jeito de sair daqui.* Apoio a testa na vidraça, o pânico entalado na garganta, mas através do borrão de lágrimas consigo distinguir uma silhueta se aproximando da frente da casa. *O menino.* Aquele que me trouxe o bilhete quando eu estava do lado de fora da biblioteca. O menino que me trouxe até aqui, até a casa do governador.

Bato na janela com a mão, gritando através do vidro para chamar sua atenção, mas ele já está entrando pela porta da frente.

Corro de volta para a porta outra vez e me ponho a berrar. Esmurro a madeira com tanta força que as costuras do punho começam a rasgar.

— Socorro! — grito sem parar. — Alguém me tire daqui!

Acho que consigo distinguir o som suave de pantufas deslizando pelo piso de madeira e, segundos depois, ouço uma vozinha.

— Olá?

O menino está parado do outro lado da porta.

— Por favor — peço. — Por favor. Destranque a porta.

Estou com o rosto pressionado contra a madeira, atenta a qualquer som, e de repente a porta se abre e eu despenco no corredor.

— Como conseguiu ficar presa aí? — quer saber o menino, as palavras se esgueirando pela janelinha nos dentes, o cabelo despenteado, como se tivesse acabado de acordar de uma soneca.

— Eles me trancaram — respondo, a respiração ofegante, enquanto espio a porta escancarada.

O garotinho franze as sobrancelhas, como se não entendesse o que quero dizer, e trato de me empertigar antes de voltar para o quarto, recuperando o livro que encontrei debaixo da cama e colocando-o debaixo do braço.

— O que veio fazer aqui? — pergunto ao menino assim que volto para o corredor e começo a caminhar em direção à porta da frente.

Ele cutuca o lábio inferior e acelera o passo para me acompanhar.

— Eu sou o menino de recados dos governadores, e vim dizer a eles que os poetas precisam de mais velas na biblioteca. E também vim porque... hum — Ele coça o pescoço. — Está correndo o boato de que você é a filha deles, aquela que desapareceu tantas luas atrás. — Seus olhos encontram os meus. — É verdade?

Respiro fundo, sentindo a mandíbula retesar.

— Sim, é verdade — respondo quando alcançamos a porta de entrada. — Mas não vou ficar aqui.

O menino me segue porta afora enquanto sou envolvida pela lânguida brisa noturna, o ar calmo e silencioso.

— Por que não? — quer saber ele, ainda parado na porta.

— Porque sou a rainha da Cidade do Halloween — declaro, os olhos fixos nele enquanto desço os degraus de pedra que levam para a rua. — E eu vou voltar para casa.

Corro pela cidade até chegar à muralha, depois passo pelos portões e atravesso os campos de lavanda antes de me embrenhar na calmaria sombreada da floresta.

— Esperem! — grito antes mesmo de chegar ao bosque das sete árvores, torcendo para que não seja tarde demais.

Torcendo para que ouçam meus apelos frenéticos, ecoando pela floresta.

O ar enche meus pulmões, os olhos faiscando no escuro, até que finalmente consigo distinguir várias silhuetas reunidas no centro do bosque. Algumas pessoas seguram velas, iluminando a floresta escura, enquanto outras empunham machados — balançando-os com gestos amplos antes de a lâmina se chocar contra a madeira dura com um alto *crack* que reverbera mata adentro. O som perfura meus ouvidos como uma adaga.

As folhas no meu peito chacoalham a cada respiração enquanto subo a colina em direção ao bosque, as agulhas perdidas nas minhas entranhas espetando-me por dentro. *Por favor, por favor, por favor*, imploro em pensamento. Mas, no instante seguinte, escuto o *crash* retumbante de uma árvore desabando no chão e se lascando em mil pedacinhos, a vibração sacudindo o solo aos meus pés.

Não, não, não.

— Parem, por favor! — grito. — Por favor...

Corro colina acima e, quando enfim alcanço o bosque, vejo a imensidão das árvores à luz trêmula das velas.

Cheguei tarde demais.

Atrasada por alguns minutos. Por alguns instantes. Por uma vida inteira.

O bosque se foi.

De vez.

Os troncos foram cortados bem na raiz, extirpados por completo, e agora todas as sete árvores estão desabadas no solo, estiradas como soldados abatidos em um campo de batalha.

— Não!

Corro para a árvore com a abóbora dourada esculpida no tronco e caio de joelhos, arranhando a porta, escancarando-a. Quando espio lá dentro, porém, encontro apenas a escuridão vazia de uma árvore oca qualquer. Madeira clara, macia — e um besourinho escapulindo para longe da luz da vela.

Nenhum portal que me leve de volta a Jack.

Nenhuma porta, nenhuma passagem para outro reino.

O bosque se foi.

Sinto uma mão pousar no meu ombro, mas me esquivo dela e vejo minha mãe parada ao meu lado.

— Você disse que ia me esperar — vocifero para ela, através da dor no meu peito.

Meu pai se aproxima, as costuras da boca curvadas para baixo.

— Nós sentimos muito, Sally. Mas isso precisava ser feito.

— Não — rebato. Quero me levantar, mas sinto as pernas fraquejarem, como se toda a força que senti ao sair do quarto tivesse se esvaído de repente. — Poderiam ter esperado. Poderiam ter me contado a verdade em vez de me trancar no quarto.

Minha mãe solta o ar pela boca, puxando a manga de seu penhoar, os lábios crispados em uma linha fina.

— Não queríamos perder você outra vez — admite ela, os olhos trêmulos como se estivesse prestes a chorar, como se também corresse o risco de desabar ao meu lado. — Não conseguiríamos aguentar se você decidisse ir embora.

Meu olhar recai sobre ela.

— E por isso cortaram as árvores, meu único caminho de volta para casa, me prendendo aqui? — As palavras saem como cacos de vidro, rasgando-me por dentro, rompendo cada fio um por um. — Sem me deixar decidir por conta própria?

As costuras da testa dela se franzem, e posso ver o pânico em seus olhos — o medo de me perder outra vez.

— Foi errado da nossa parte — responde ela baixinho, as palavras quase afogadas em sua garganta. — Mas precisávamos garantir que o Sandman não pudesse voltar para cá. Não tínhamos tempo a perder.

Fico de pé ao lado da árvore caída, a pele trêmula, cada pedacinho do meu corpo dilacerado. Eles mentiram para mim, me machucaram. Tiraram tudo que eu tinha. Perdi Jack para todo o sempre. Quero gritar, a dor latejando atrás dos olhos. Quero dizer a eles que os odeio, que nunca vou perdoá-los. Mas toda a fúria está entalada na minha garganta, lancinante, um sentimento vil e miserável. Em vez disso, então, estendo o livro para que minha mãe veja.

— Eu encontrei uma maneira de deter o Sandman — declaro sem rodeios, a frieza enraizada nos meus olhos.

Meu pai espia por cima do ombro de minha mãe, enquanto os outros do grupo levantam as velas para tentar ver o livro, curiosos.

— Como? — quer saber meu pai, as sobrancelhas franzidas.

— Quando encontrei Jack e os outros dormindo, tentei preparar uma poção para acordá-los — respondo em um fiapo de voz, tão fina que parece papel —, mas não funcionou. — Encaro o semblante dos meus pais, pois quero que vejam a raiva estampada em meu olhar. Quero que saibam o que fizeram. — Mas fiz a poção errada, para o propósito errado.

Engulo em seco, esperando algum indício de reconhecimento em seus olhos, mas suas feições permanecem frouxas, imóveis.

— Qual propósito? — questiona minha mãe.

Inclino a cabeça para olhar o livro em minhas mãos: *Conceitos essenciais do sono: Edição Cidade dos Sonhos*. Enquanto folheava as páginas, percebi que estava analisando a questão do Sandman sob o ângulo errado. Tentei preparar uma poção para despertar aqueles que mergulharam em sono profundo. Mas a verdade é que precisava analisar tudo sob o ângulo de uma boneca de pano — uma que nasceu e cresceu na Cidade dos Sonhos, que teria passado noites e mais noites na biblioteca, estudando os fundamentos básicos do sono. Uma garota que teria lido este livro várias vezes, até que o soubesse de cor.

— Eu não precisava de uma poção para acordar todo mundo — explico, contemplando as árvores caídas. — Precisava de uma poção para fazer o Sandman dormir.

O silêncio reina por um instante, o vento soprando entre as árvores, as velas iluminando o solo, até que meu pai enfim se pronuncia.

— Mas a Areia dos Sonhos não funciona com o Sandman. Não podemos colocá-lo para dormir.

Nego com a cabeça.

— Mas eu não usaria Areia dos Sonhos — continuo, ainda com um tom profundo, cortante, porque sei que já é tarde demais. — Eu teria usado as ervas que cultivo na Cidade do Halloween. São mais fortes do que qualquer coisa que vocês têm aqui, e mais tóxicas. São capazes de ressuscitar os mortos e colocá-los para dormir.

— Mas como você saberia preparar uma coisa dessas? — indaga meu pai.

Eu me viro para olhar para ele.

— Já preparei muitas poções perigosas para fazer alguém dormir.

Mas não conto a ele sobre as sopas nocivas que eu vivia preparando para o dr. Finkelstein, nem sobre como sempre envenenava seu chá de bafo de rã, deixando-o inconsciente para que eu pudesse escapar do laboratório e sair em busca de Jack.

A dor se expande dentro de mim como carne podre, e eu faria qualquer coisa para voltar para lá agora, para ver Jack outra vez.

Minha mãe pega o livro e alisa a capa com a palma da mão.

— Acha que consegue colocar o Sandman para dormir? — pergunta, a sobrancelha arqueada.

Não sei se colocar o Sandman para dormir vai servir para acordar os outros; não sei se isso vai quebrar o sono profundo em que ele os mergulhou. Mas pelo menos vai detê-lo. Preciso arriscar.

Mas meu pai intervém antes que eu possa dizer qualquer coisa.

— Mas as árvores foram destruídas. Não tem como Sally voltar ao mundo dela, mesmo que quisesse.

Minha mãe o ignora, mantendo os olhos fixos em mim.

— Sally, se pudesse chegar à sua cidade, acha que seria capaz de deter o Sandman?

Engulo em seco e endireito os ombros.

— Estou disposta a tentar.

Meus pais se entreolham como se travassem uma conversa silenciosa.

— O mundo dos humanos — diz minha mãe por fim. — Você pode chegar à Cidade do Halloween se atravessar o mundo dos humanos.

Sinto minhas pupilas escuras se fixarem nela; o agito no meu estômago cessa de repente. Nunca estive no mundo dos humanos — o lugar que Jack visita todo outono na noite de Halloween, atravessando cemitérios, campos-santos e mausoléus. É assim que ele se transporta entre nosso reino e o mortal.

Mas não vi nem sinal de cemitério na Cidade dos Sonhos. Nem mesmo uma mísera lápide.

— Como fazem para visitar o mundo dos humanos? — pergunto.

Minha mãe abaixa o livro, encontrando meu olhar.

— Venha. Mostraremos a você.

A Biblioteca das Canções de Ninar está mergulhada em silêncio, uma espécie de quietude após o fim do expediente. Ninguém enrodilhado nas poltronas enquanto escreve enigmas. Todos foram passar a noite em casa, para descansar os olhos e a mente.

Ainda assim, avançamos em silêncio até a parte central da biblioteca, minha mente ainda fervilhando ao pensar no que eles fizeram: *Destruíram o bosque, tentaram me manter presa aqui para sempre.* Parece tão desonesto quanto o dr. Finkelstein me trancando no meu quarto, me tornando uma prisioneira. *Você é uma garota traiçoeira e teimosa*, dizia ele. Mas é teimosia sonhar com a própria liberdade? Escolher o caminho que deseja trilhar? Arriscar tudo para salvar quem você ama?

Meus pais me conduzem por uma escada de metal em caracol e, no segundo andar, subimos outra escadaria idêntica, depois mais uma, até chegarmos ao terceiro andar — a parte mais alta da biblioteca.

Atravessamos a passarela ladeada por pilhas e mais pilhas de livros, os títulos ilegíveis na penumbra, o caminho iluminado por um punhado de velas ainda acesas nas estantes. Finalmente, nos fundos da biblioteca, chegamos a uma porta feita de cerejeira escura, com uma espiral pontilhada de estrelas entalhada na frente, escurecida como se a madeira tivesse sido queimada por uma chama.

— É assim que nos transportamos para o mundo dos humanos — sussurra minha mãe, mantendo a voz baixa mesmo que não haja mais ninguém dentro da biblioteca. — Mas se você for embora — continua ela — ainda teremos que... — Ela engole em seco, os olhos tomados por uma escuridão pesada, depois repuxa a linha solta em seu punho. — Teremos que garantir que o Sandman não volte. Por isso, vamos ter que destruir esta porta também. Precisamos eliminar qualquer chance de ele retornar.

Respiro fundo e a biblioteca parece se expandir, as paredes se estendendo a perder de vista, enquanto meus pensamentos se fecham ao meu redor.

— Mas, se esta porta for destruída, este reino vai ficar isolado de todos os outros — argumento. — Sua Areia dos Sonhos, todas as canções de ninar... vocês não vão mais ajudar as pessoas a cair no sono.

— Não temos escolha — determina meu pai, repetindo as palavras que usou no bosque.

Puxo o ar pela boca, a respiração entrecortada, e posso ver, no semblante dos dois, que estão desesperados para que eu não vá embora. Que fariam quase qualquer coisa para me manter aqui, para me fazer ficar. *Até mesmo mentir*. Mas não posso continuar aqui. Estou disposta a sacrificar tudo — até esta cidade que

A RAINHA DO HALLOWEEN

um dia foi meu lar — se houver uma chance de salvar Jack, de vê-lo outra vez, de sentir suas mãos contra minha pele de linho.

Vou voltar para o meu mundo, sabendo que provavelmente nunca mais verei meus pais.

As lágrimas brotam nos olhos do meu pai, sua boca tremendo.

— Sei que a Cidade dos Sonhos pode ser o meu lar — começo, querendo que eles entendam por que preciso ir até o fim, por que não posso voltar atrás. — Mas nunca vai ser um lar de verdade sem Jack ao meu lado. Preciso salvá-lo. Preciso salvar todos eles.

Mesmo que meus pais tenham mentido para mim, me machucado, percebo que meu coração parece estar se partindo outra vez. Não quero deixá-los para trás — não agora que finalmente os encontrei.

— Ele faria o mesmo por mim — declaro, a voz falha, a boca trêmula.

Minha mãe me puxa para um abraço, lágrimas molhadas e pele feita do mesmo linho e costuras. O padrão de retalhos que nos torna iguais. E me permito chorar.

— Passamos tanto tempo sem saber o que tinha acontecido com você — sussurra ela, o rosto colado ao meu. — Vivemos angustiados de preocupação, dia após dia. Mas, agora que a encontramos, percebo que você é ainda mais corajosa do que jamais imaginei que pudesse ser.

Suas palavras se transformam em um soluço choroso, então ela faz uma pausa para recuperar o fôlego.

— Não quero perder você de novo — continua —, mas sei que precisa lutar para salvar quem você ama, e não existe nada mais nobre do que isso.

— Obrigada... mãe.

Digo a palavra em voz alta pela primeira vez, as lágrimas vertendo sem reservas, escorrendo pelo meu rosto como rios. Meu pai nos envolve em um abraço, e de repente sinto uma pontada de dúvida. Pequena, imperceptível, mas ainda assim ali, me corroendo.

Estou errada em ir embora?

Finalmente encontrei minha família e agora os estou deixando para retornar a um lugar que talvez nem tenha salvação. Se eu não conseguir preparar uma poção forte o bastante para fazer o Sandman dormir, se eu não conseguir detê-lo, se eu não conseguir acordar os outros... o que vai acontecer? Ficarei encurralada na Cidade do Halloween, totalmente sozinha, sem ter como voltar para a segurança da Cidade dos Sonhos.

Terei que passar o resto da vida me escondendo do Sandman.

Mas esse pensamento, minúsculo feito um botão, logo é substituído por um maior. Aquele que supera todos os outros.

Por mais que eu tenha nascido na Cidade dos Sonhos, também sou a Rainha das Abóboras.

Vou lutar por Jack. Vou lutar para consertar as coisas.

Eu me desvencilho do abraço dos meus pais, depois dou um passo à frente e abro a porta de madeira. Sou envolvida por um silvo estranho, frio — e lá está o interior escuro e sombreado, sem o menor sinal de luz.

— Quando entrar — instrui minha mãe de trás de mim —, vai ser transportada para uma biblioteca no mundo dos humanos.

— Qual biblioteca?

— A que você quiser — responde meu pai. — Basta pensar em uma cidade ou em um lugar ao cruzar a soleira, e a porta se abrirá para uma biblioteca de lá.

Sinto a cabeça latejar enquanto os nomes de vilarejos, cidades e aldeias do mundo dos humanos rodopiam na minha mente, todos os lugares que Jack disse ter visitado na noite de Halloween. Mas como vou escolher apenas um?

— Preciso encontrar um cemitério — digo a eles. — É assim que vou voltar para a Cidade do Halloween.

— Então tente pensar em uma cidade menor — sugere minha mãe. — Assim você não terá que procurar muito.

Concordo com a cabeça e respiro fundo, depois me viro para olhar meus pais — os dois ainda choram, enlaçados em um abraço. Eu os encontrei e agora os estou deixando para trás, e nunca mais voltarei a ver os dois. É o último adeus. O peso do que estou prestes a fazer parece quase insuportável, mas abro a porta e respiro fundo.

Sorrio para meus pais pela última vez, querendo dizer algo — *uma última coisa* —, mas não consigo encontrar as palavras certas. Nada parece bom o bastante. Minha cabeça e meu coração são uma bagunça traiçoeira, ardilosa, ambos querendo coisas diferentes, ambos colidindo dentro de mim e me impossibilitando de falar. Então não digo nada.

Eu os amo... de certa forma. Essas duas pessoas que acabei de conhecer. Retalhos de tecido e longos cabelos ruivos: somos iguais.

Mas tenho que deixá-los para trás.

Espio a escuridão lá dentro, ciente de que, assim que eu cruzar a soleira, meus pais vão destruir esta porta, despedaçá-la, talvez até queimá-la até que não reste nada além de cinzas.

Até que não sobre nem sinal de magia.

Fecho os olhos, conto até três e passo pela porta.

16

NAS HISTÓRIAS DESLUMBRANTES E MARAVILHOSAS QUE Jack contava sobre o mundo dos humanos, sempre descrevia cidades que se estendiam a perder de vista, prédios colossais, ônibus e trens abarrotados de pessoas viajando de uma cidade para outra, de um país para outro. Lugares fervilhantes, barulhentos e infindáveis. Sempre me pareceu aterrorizante, a ideia de um lugar onde é possível se perder em um piscar de olhos, talvez até para sempre.

Mas, quando atravesso a porta, o que tem do outro lado não parece nada grande.

É só uma biblioteca.

De tamanho razoável, até mesmo pequeno, em comparação com a Biblioteca das Canções de Ninar. Há sofazinhos de veludo enfileirados junto da lareira, além de algumas cadeiras perto das janelas, todas estofadas de seda com estampas de campinas floridas e uma bela mansão ao longe. É um tecido tão requintado que eu faria de tudo para que revestisse minha pele. Estantes de livros se elevam acima de mim, tão altas que parecem impossíveis de alcançar. Velhos exemplares abandonados, acumulando pó em um cantinho da prateleira.

Avanço um pouco mais pelo ambiente e, através das janelas enfileiradas, observo um gramado bem cuidado cintilando à luz do sol, rodeado de árvores floridas, as pétalas brancas e de um tom de rosa suave e amanteigado. Não faço ideia de onde estou. Mas, pelo que vejo, a estrutura de pedra que abriga a biblioteca parece se estender para os dois lados, esgueirando-se pelo jardim e além. Parece algo saído de um livro de histórias. Como um castelo.

Começo a me afastar da janela, em direção à porta mais próxima... quando de repente escuto uma respiração baixa e suave.

Não estou sozinha.

Esquadrinho o ambiente e avisto uma nuca, a cabeça apoiada em um dos sofás, de costas para mim. Tem uma pessoa aqui, mergulhada em um silêncio absoluto, exceto por sua respiração ruidosa. Avanço em direção a ela, hesitante, sem saber como ela reagirá a uma boneca de pano em sua biblioteca. *Estou pronta para sair em disparada, para fugir em direção à porta do outro lado do cômodo.* Se fosse noite de Halloween, minha aparência seria perfeita para arrancar gritos, mas em um dia comum, não é esperado avistar uma boneca de pano no mundo dos humanos.

À medida que me aproximo, percebo que ela está mais jogada do que sentada, os ombros caídos, as maçãs do rosto flácidas — e o que vejo a seguir faz meu estômago despencar com um solavanco doloroso. Minha cabeça começa a girar.

Uma fina camada de areia branca cobre seus cabelos grisalhos, ainda presos em um coque perfeito. Os grãozinhos se espalham a seus pés, salpicam suas roupas feitas sob medida.

Ela está dormindo, assim como todos os outros.

Assim como os reinos das celebrações.

O Sandman já esteve aqui... no mundo dos humanos. E meu corpo quer desistir, afundar no chão e apoiar a testa contra a madeira fria. *Estão todos dormindo.* O pequeno lampejo de esperança se esvai, apagado como a chama de uma vela. Será que faz muito tempo que ele esteve aqui? E por acaso ainda está no mundo dos humanos... um lugar tão imenso que nem sei como conseguiria encontrá-lo?

Chego mais perto da mulher, sentindo-me atraída em sua direção. Parece bastante serena para alguém que caiu em um sono tão repentino e nefasto. O pescoço é adornado por uma delicada fileira de pérolas, que faz par com os brincos. Ela é refinada, elegante, uma mulher que certamente não penteia o próprio cabelo nem calça os próprios sapatos. Uma mulher de quem todos cuidam.

Sei que preciso ir embora, que preciso encontrar o cemitério mais próximo e voltar para a Cidade do Halloween para preparar a poção e, de alguma forma, encontrar o Sandman, mas me sinto cativada por esta mulher, intrigada por seu vestido primoroso e por este cômodo reservado onde está acomodada. Vou até uma escrivaninha diante da janela e espio a pequena pilha de livros disposta ali — alguns de poesia, outros de literatura antiga, volumes sobre governo e padrões de realeza. Dou uma volta para observar os arredores, e meus olhos pousam em uma pintura sobre a lareira. Eu me aproximo, na ponta dos pés, mesmo sabendo que não deve ter ninguém acordado que possa me ouvir.

A pintura, percebo, é um retrato da mesma mulher que está adormecida no sofá. Parece alguns anos mais jovem no quadro, seu cabelo grisalho penteado para trás, usando um longo vestido branco e dourado com uma faixa adornada por vários enfeites estranhos — quadrados de papel e fichas de prata. E em sua cabeça está uma coroa — prateada, ornamentada e brilhante.

Na parte inferior da moldura dourada há uma placa de bronze com os dizeres: rainha Elizabeth II.

Viro-me para espiar a mulher, depois dou outra olhada na biblioteca.

Antes de eu ir embora da Cidade dos Sonhos, meu pai me instruiu a pensar no nome de uma cidade enquanto atravessava a porta, mas a única palavra que não parava de se repetir em minha mente, a palavra de que ainda não consigo me livrar, era *rainha*.

E, ao que parece, acabei vindo parar na biblioteca de uma rainha.

Enquanto a própria rainha dorme a apenas alguns palmos de distância.

Chego mais perto e me acomodo com cuidado nas almofadas ao lado dela. Sinto uma curiosidade natural em relação a ela, e me ponho a admirar a inclinação elegante de seu queixo — mesmo enquanto está adormecida — e o jeito gracioso e delicado como as mãos descansam no colo, uma aliança de casamento na mão esquerda. O tempo se estende ao meu redor, a urgência com que entrei na biblioteca brevemente esquecida.

Olho para a pintura novamente e, embora ela não pareça tão paparicada na vida real quanto no retrato, ainda existe *alguma coisa* nela. Uma grandiosidade que não pode ser medida com base na seda que compõe seu vestido, nem nas joias que adornam a sua pálida pele humana. Ela tem *alma* de rainha, adormecida ou não. Adornada e enfeitada ou não. A qualidade se mostra na respiração que repousa em seus pulmões delicados, nos traços refinados de seu rosto, na firmeza de sua mandíbula. Ela é digna, imponente e nobre.

Imagino que algumas pessoas simplesmente nascem assim. Mas não foi o meu caso.

Meu título de rainha veio depois. Cheio de pesos, de fardos, de estranhezas.

Ainda assim, continuo me alternando entre admirar a pintura e a mulher, tentando ver alguma coisa. O meio-termo entre as duas coisas, aquela partezinha escondida, *verdadeira*. Se ao menos ela estivesse acordada, eu poderia lhe perguntar como é ser uma rainha no mundo dos humanos. Poderia perguntar se às vezes se sente sufocada por seus deveres, pelos olhares e encaradas que recebe dos moradores da cidade; gostaria de saber se já a olharam como se ela não fosse boa o bastante. Eu lhe perguntaria há quanto tempo ela é rainha e se sempre quis esse cargo ou se foi algo que teve que assumir a contragosto. Quero saber a história da vida dela.

Na mesinha de centro há um bule de chá que já esfriou, ao lado de uma delicada xícara cravejada de margaridas, o líquido parcialmente bebido. Tem um leve aroma de limão. Parece uma coisa tão normal — estar sentada e bebericando chá em uma biblioteca. Normal de um jeito tão agradável.

Esta é uma mulher que poderia muito bem ser uma avó, alguém que poderia assar biscoitos nas manhãs de sábado e tricotar cachecóis para os netos até tarde da noite. Talvez ela seja todas essas coisas *além* de ser rainha. Talvez ela possa ser os dois.

Uma rainha com uma coroa, seu retrato pendurado na parede.

E uma avó.

E uma mulher.

Talvez, *talvez*, eu também possa ser mais de uma coisa, uma boneca de pano *e* a Rainha das Abóboras. No controle de minha própria vida, de meu próprio título real. Uma rainha que não permite que a soberania ofusque a boneca de pano que sempre foi. Pouso minha mão macia sobre a da rainha. Um toque leve, quase imperceptível, pois tenho medo de que não seja apropriado. Mas quero sentir a humanidade de sua pele, saber que ela é *real*, e que até uma rainha tem sangue correndo em suas veias como qualquer outro mortal. Uma rainha de mãos dadas com outra rainha.

Juro que posso sentir a nobreza emanar de sua pele — como uma luz dourada e cintilante. A força de uma mulher que já viu muitas coisas, que já superou muitos obstáculos em sua longa vida. Uma mulher que foi feita para esse cargo.

Ainda assim, tenho certeza de que nem todas as princesas, duquesas ou rainhas se sentiram tão confortáveis com seu dever. Nem todas as coroas usadas nesta biblioteca, neste castelo, pareciam firmes ou seguras na cabeça onde repousavam. Talvez tenha parecido mais pesada para algumas. Como se ameaçasse quebrá-las ou transformá-las em algo diferente. Algo ainda mais poderoso.

Trato de abafar tudo o que ressoa dentro de mim: a dor, o medo e a dúvida que me revira o estômago. E me pergunto se também posso ser transformada em algo mais forte. Mais robusto, resistente. Mesmo que minhas costuras possam ser danificadas, isso não significa que também serei.

Afasto minha mão, permitindo-me esboçar um sorriso.

— Obrigada — sussurro para a mulher, a rainha Elizabeth II, de algum reino, de alguma cidade do mundo dos humanos.

Levanto-me do sofá e a observo uma última vez. Se eu puder salvar Jack e os outros, também vou conseguir salvar esta mulher. Uma rainha que jamais saberá que conheceu a Rainha das Abóboras enquanto dormia, ou que fui responsável por despertá-la de um sono sem sonhos.

Atravesso a biblioteca e sigo em direção às portas, respirando fundo, as folhas se agitando em meu peito, e saio para um grande salão dentro de um castelo muito maior do que eu esperava.

Esta mulher não é uma rainha qualquer.

Talvez seja *a* rainha.

Está chovendo quando finalmente atravesso os corredores labirínticos do castelo e sigo em direção ao dia sombrio que me aguarda lá fora. Saio por um portão alto de metal, passando por dois guardas deitados no chão, um em posição fetal, o outro com os braços estendidos para o céu nublado, ambos mergulhados em um sono profundo.

Diante de mim, há uma ampla passarela emoldurada por relva verde e árvores perfeitamente alinhadas. E espalhados a perder de vista estão humanos cochilando nos bancos dos parques, nas calçadas ou na grama recém-cortada. Todos adormecidos na mesma posição em que estavam. A areia reveste toda a paisagem, acumulada nos galhos das árvores, grudada na pele de cada pessoa que vejo.

O Sandman já passou por aqui.

Já esteve em todo lugar.

E, se eu não conseguir detê-lo, todos vão continuar adormecidos... para sempre.

Tento abafar a dor que me invade, o medo e o peso do que preciso fazer. Do que vai acontecer se eu não... conseguir. O fardo recai exclusivamente sobre os meus ombros.

Puxo a linha solta no meu punho enquanto atravesso o portão — tenho que arranjar um jeito de sair do mundo dos humanos — e então começo a correr, disparando pela longa via pública, passando por corpos adormecidos, até que o gramado dê lugar a prédios amontoados uns sobre os outros.

Preciso encontrar um cemitério ou um mausoléu. Até mesmo uma igreja serve se alguém tiver sido enterrado lá.

Chego a uma larga estrada de concreto e continuo correndo.

Jack tinha razão quando disse que as cidades humanas são diferentes das de qualquer outro reino — elas são muito, *muito* maiores. Entretanto, enquanto avanço pelas ruas, procurando qualquer coisa que se pareça com um campo-santo — um lugar onde os humanos enterraram seus mortos —, tudo está estranhamente quieto. Só se ouve o chilrear dos pássaros e o gotejar da chuva.

Sigo em frente, espreitando entre as fileiras de casas de tijolos, e passo por várias lojas com letreiros acesos nas vitrines, mas todos dormem do lado de dentro. Quando chego a uma esquina ou rua lateral, viro à esquerda e depois à direita. Não faço ideia de onde estou. Vejo uma biblioteca um pouco afastada da rua, mas sei que não poderia voltar para a Cidade dos Sonhos agora — mesmo se eu quisesse —, pois a porta de volta para a Biblioteca das Canções de Ninar certamente foi destruída.

Não tem como voltar atrás, então só me resta seguir em frente.

Passo por um mercado, um salão de cabeleireiro, uma loja de roupas cuja vitrine está apinhada de bolsas enormes, sapatos coloridos e colares brilhantes. Ainda assim, em todos os lugares, as pessoas estão dormindo: roncando, os copos descartáveis de café derramados no chão, alguns sentados em carros, a cabeça apoiada no volante. A cidade está mergulhada em um silêncio sepulcral.

Nada de buzinas, nada de bebês chorando nem do burburinho da atividade humana.

Nadinha.

Por fim, quando o céu começa a escurecer — a dúvida crescendo dentro de mim —, avisto um antigo arco de pedra, cercado por um muro alto, e logo atrás... encontro o que estava procurando.

Uma onda de alívio me invade, e respiro fundo enquanto atravesso o arco que diz "Cemitério do Brompton" até chegar a uma extensão de terra pontilhada com lápides esculpidas.

Um cemitério.

É o maior cemitério que já vi. Aposto que Jack ia amar este lugar.

Contemplo o gramado comprido, retangular, polvilhado por fileiras e mais fileiras de lápides cobertas de musgo e desgastadas pelo tempo. As gotas de chuva respingam no solo, e o vento frio sopra em meu pescoço e me faz lembrar do cemitério na Cidade do Halloween. Uma sensação que, ao que parece, existe em todo cemitério. Aquele indício de morte. De sofrimento. De vidas que chegaram ao fim. Mas nem preciso ir muito longe para encontrar uma pequena estrutura de pedra, um mausoléu ornamentado com pináculos ao longo do telhado e uma porta de cobre, manchada de verde pela chuva. Um túmulo onde os mortos são colocados para descansar.

Espio a trilha, o cemitério reluzindo no ar úmido. Já atravessei muitos reinos até chegar ao mundo dos humanos, a esta cidade estranhamente silenciosa, e agora é por este mausoléu que vou voltar para casa.

Que vou voltar para os braços de Jack.

Sinto as folhas se agitarem no meu peito, sabendo como estou perto de finalmente vê-lo outra vez, e abro a porta da tumba — e lá dentro faz frio como o ar do inverno, a escuridão absoluta.

Trato de engolir a ansiedade e o medo se debatendo contra minhas costuras cansadas, e atravesso a porta do mausoléu rumo à escuridão gélida, pensando no meu *lar*.

E quando saio do outro lado, através do túmulo escuro e silencioso, me vejo em um cemitério familiar.

Estou de volta à Cidade do Halloween.

17

Acidade do Halloween está mergulhada em silêncio. O tipo errado de silêncio.

Os cantinhos escuros e os becos sombrios onde coisas sinistras e monstruosas costumam espreitar estão vazios.

As folhas mortas batem aceleradas no meu peito, martelando meus ouvidos, enquanto avanço em silêncio pelo cemitério. Por um momento, fico com a impressão de que o Sandman se foi — que viajou para uma das outras cidades ou ainda está explorando o mundo dos humanos —, contudo, conforme me embrenho ainda mais fundo nas sombras que rodeiam a cidade, de repente escuto.

Um cantarolar baixo e sussurrante.

Uma canção murmurada, como água e fumaça, espiralando, rastejando em meus ouvidos.

O Sandman está aqui.

Procurando, procurando. Me procurando. Um calafrio percorre minhas costuras, pousando nos dedos dos pés. Ele está me procurando, me caçando.

Mas eu voltei, em busca *dele*.

Não sei onde ele está, a voz reverberando pelos telhados, então me mantenho escondida nas sombras, correndo de uma para outra como uma aranha que teme a luz do dia. Agora que descobri a verdade — que nasci na Cidade dos Sonhos —, sei que sua Areia dos Sonhos não vai funcionar em mim. Mas também não sei qual é a extensão de sua crueldade. Se ele me encontrar e descobrir que não consegue me fazer dormir, que outra coisa terrível e covarde pode tentar fazer? Talvez tente rasgar minhas costuras, ponto por ponto, até que não sobre nada além de uma pilha de retalhos e folhas secas. Impossível de me recompor.

Por isso me mantenho escondida e avanço com cuidado pela escuridão, na ponta dos pés. Vou até o jardim atrás do laboratório do dr. Finkelstein, onde rapidamente colho as ervas de que vou precisar: beladona venenosa, raiz de valeriana negra, dedaleira e uma pitada de flor-cadáver — destinado a imitar os efeitos dos mortos.

Espero que seja o suficiente.

Tem que ser.

Eu me esgueiro pelo beco atrás do laboratório, os sapatos pretos se chocando com suavidade contra o pavimento, e de repente ouço o cantarolar do Sandman, mais perto do que antes, uma canção de ninar lenta e fantasmagórica vibrando pelas ruas escuras.

Em silêncio, a respiração abafada no meu peito de linho, continuo me esgueirando pelos contornos da cidade, parando ao lado do boticário das Irmãs Bruxas, de ouvido em pé. Um segundo se passa, depois outro. Agarro as ervas com mais força, tentando não fazer barulho.

Mas o Sandman mergulhou em silêncio.

Talvez tenha avançado para o outro lado da cidade, procurando na floresta. Saio ao ar livre, pronta para correr os últimos metros até o portão e entrar na minha casa, quando uma sombra assoma lá no alto.

Escura e terrível.

Ele.

Quase derrubo as ervas, e trato de sumir de vista outra vez — as costas pressionadas contra a parede de pedra, as agulhas perfurando meu estômago, o medo se entremeando em cada pontinho de minhas costuras.

Passado um momento, porém, a sombra do Sandman desliza pelo beco e se embrenha mais fundo na cidade. Rumo à escuridão. *Ele não me viu.* E esta é a minha chance.

Eu me afasto da parede e corro os últimos passos até o portão, subindo dois degraus de cada vez, e entro na casa.

Uma vez lá dentro, fecho a porta com um baque e passo a fechadura.

Ofegante, arfante, os pulmões clamando por ar, os ouvidos zumbindo.

Mas consegui.

Subo a escada em caracol até o nosso quarto, segurando as ervas em uma das mãos, os fios zumbindo dentro do peito, os dedos tremendo e, quando entro no cômodo, encontro Jack exatamente onde o deixei: adormecido na cama.

As lágrimas escorrem pelo meu rosto. *Ele ainda está aqui.* E ainda está dormindo.

Avanço mais alguns passos, prestes a me aproximar da cama, quando uma sombra sai de dentro do armário e um rosnado profundo ecoa pelo quarto.

Zero flutua para o fraco luar que se esgueira pela janela, os dentes arreganhados, o peito estrondeando — pronto para proteger Jack, custe o que custar. Quando me vê, porém, baixa as orelhinhas de repente e corre em minha direção, enterrando a cabeça no meu peito.

— Eu estou bem — sussurro, o rosto enfiado em seu pelo, e o envolvo com os braços. — Consegui voltar para casa.

Ele solta um ganido, aninhando-se mais perto do meu pescoço.

— Obrigada por ter ficado aqui — digo a ele. — Por ter cuidado de Jack.

As lágrimas escorrem por meu queixo, mas não consigo contê-las. Eu me senti tão sozinha desde que saí da Cidade do Halloween e, agora que estou de volta em minha casa, no meu quarto, e encontrei Zero ainda acordado, sinto uma parte de mim se escancarar. Sou inundada por um estranho alívio, misturado com uma pontada incômoda de medo.

Zero se afasta de mim, os olhinhos marejados, e eu acaricio seu pelo uma última vez antes de correr na direção de Jack. Coloco as ervas na mesinha de cabeceira e subo ao lado dele no colchão. Meu corpo se agita, os olhos ardendo em lágrimas, e descanso a cabeça em seu peito, ouvindo o ressoar oco. Fecho os olhos e, por um momento, desejo estar dormindo como ele, deitados lado a lado, cada um preso em sua própria escuridão sem sonhos.

Mas Zero se aproxima e cutuca minha bochecha com o focinho, os olhos piscando. Talvez ele saiba que não posso continuar aqui, que não posso me aninhar ao lado de Jack e descansar. Preciso continuar em frente. Quanto mais me demorar, maior a probabilidade de o Sandman me descobrir.

Acaricio a bochecha de Jack com a ponta do dedo.

— Vou tentar consertar as coisas — sussurro, embora ele não possa me ouvir. Depois colo a boca na dele, beijando seus lábios adormecidos. — Vou dar um jeito.

Usando um pedaço de linha do carretel em meu bolso, prendo o cabelo em um rabo de cavalo e então corro na direção da cozinha. Pego uma panela de ferro fundido de um gancho acima da pia e acendo o fogão, avançando com pressa. Macero as ervas e as coloco na panela, triplicando a dose de costume. É o suficiente para colocar um gigante da floresta para dormir por um ano inteiro, mas preciso que seja forte. Só vou ter uma chance de fazer isso funcionar.

Mexo a poção borbulhante até que adquira um tom macabro de vermelho, parecido com o que tinge os lábios de Ruby Valentino. Mas é muito claro, muito óbvio.

Então eu me lembro.

Enfio a mão no bolso do vestido, passando pelo carretel de linha, e encontro o que estou procurando.

Quando o tiro do bolso, as folhas estão ligeiramente achatadas, mas ainda intactas: o trevo de quatro folhas que ganhei do leprechaun da Cidade de São Patrício. Ele disse que me traria sorte. E é exatamente disso que preciso. Despejo o trevo na poção e, em segundos, a cor adquire um tom esverdeado brilhante — lembrando-me do prado úmido na Cidade de São Patrício, recém-orvalhado pela chuva.

O tom exato de que preciso.

Assim que a poção terminou de borbulhar e o cheiro é tão intenso e nocivo que me sinto tonta, despejo-a em um frasquinho de vidro, tampando-o com uma rolha.

A poção está pronta.

Agora está na hora de preparar as iscas.

De volta ao nosso quarto, tiro a velha máquina de costura do armário e pego os metros de tecido que o Príncipe Vampiro e as Irmãs Bruxas trouxeram para compor o meu absurdo guarda-roupa de rainha. Eu quis me livrar de tudo na época, odiando a sensação do tecido transparente preso à minha pele, mas agora vai ser útil.

Rasgo algumas tiras de tecido e começo a costurá-las juntas, apertando a língua entre os dentes enquanto trabalho, até ter costurado seis vestidos de retalhos idênticos ao meu, além de seis pares de braços e pernas, seis rostos e torsos. Trabalho madrugada adentro, o suor se acumulando nas têmporas, a ponta dos dedos em carne viva.

E quando o sol finalmente começa a despontar no horizonte, lançando seus raios alaranjados e sonhadores pelas janelas, eu me levanto da máquina de costura para examinar meu trabalho. Zero paira ao meu lado, a cabecinha inclinada para o lado em curiosidade.

Do outro lado da mesa de madeira, estão seis bonecas de pano sem vida, cada uma usando um vestido de retalhos.

Com o sol agora grande e reluzente no céu, há menos sombras para me servir de abrigo. Mas dou um jeito de me esgueirar pela cidade, andando na ponta dos pés pelas ruas, em silêncio, parando em cada esquina, de ouvido em pé, atenta a qualquer ruído do Sandman. Posso ouvi-lo ao longe, nunca muito afastado.

Mas preciso seguir em frente.

Pedi a Zero que continuasse em casa — ao lado de Jack — e agora contorno a praça da cidade, parando para acomodar a primeira boneca na porta do Boticário das Irmãs Bruxas, suspensa por um barbante no batente da porta para que o vento a balance de leve, mexendo-lhe os braços e as pernas como se estivesse viva.

Uma isca.

Corro para a fronteira mais afastada da cidade e amarro mais três nos galhos secos das espinhosas Árvores Uivantes — as pegas grasnando para mim lá de cima, chamando muita atenção com seu barulho. Assim que termino, arrasto as duas últimas bonecas em direção ao centro da cidade.

Há menos sombras para servir de abrigo por aqui, o sol a pino no céu, mas consigo pendurar uma das iscas na gigantesca teia de aranha que reveste a lateral da praça, suspensa entre duas construções, os braços da boneca de pano falsa agarrados à teia pegajosa. Por um instante, a viúva-negra desce de seu poleiro escondido e se põe a investigar a boneca sem vida. Avança sobre ela, os olhinhos redondos como cúpulas; então, decidindo que não há sangue a ser tirado da boneca falsa, corre de volta para seu canto, escondida em segurança onde não será vista.

Cruzo a praça da cidade, arrastando a sexta e última boneca comigo, quando ouço a canção de ninar do Sandman. Mas desta vez é diferente, mais devagar, cada palavra rimada chegando de mansinho.

E então me dou conta: ele localizou a primeira boneca pendurada em uma das Árvores Uivantes.

Ele acha que me encontrou.

A RAINHA DO HALLOWEEN

Então vem um silêncio repentino, uma calmaria em sua canção, seguidos por um rápido farfalhar. Não consigo enxergá-lo além da fileira de estruturas de pedra escura, mas suspeito que esteja soprando areia nos olhos da isca, esperando que ela mergulhe em um sono eterno. O silêncio se estende por mais um instante. Sem canção de ninar, sem cantarolar. E então vem o estalo ecoante de galhos, como se ele tivesse arrancado a boneca da árvore e a atirado no chão.

O cantarolar recomeça, seguido novamente pelo silêncio.

Ele encontrou outra boneca.

Preciso me apressar.

Chego à prefeitura e acomodo a última boneca de pano nos degraus, dobrando as pernas na altura dos joelhos e cruzando os braços no colo, para que pareça estar desfrutando do sol do fim da manhã, enquanto o prefeito ronca logo ao lado.

O som de mais galhos se partindo ecoa pela cidade, o estalo e o lascar de madeira: o Sandman encontrou as outras duas bonecas escondidas na floresta.

Com as folhas tremendo em meu peito, corro de volta para a fonte.

Já estou quase lá quando, pelo canto do olho, avisto o Sandman — o manto tingido de nuvens arrastando pela rua, a barba grisalha mais comprida do que eu me lembrava, uma expressão cruel e terrível em seus olhos escuros. Ele dobra uma esquina perto do Boticário das Irmãs Bruxas, um silvo lento e sinuoso escapando de seus lábios.

Eu me jogo no chão, a poção quase caindo do bolso do meu vestido. Se o frasco quebrar e derramar a poção tóxica aos meus pés, a fumaça pode ser o suficiente para me embalar em um sono mortal e eterno. Com cuidado, ajeito o frasquinho no bolso, depois me esgueiro pelo muro baixo de tijolinhos que rodeia o centro da cidade. Não é lá um grande esconderijo, mas tento me encolher, enrodilhada feito uma bola — apenas uma pilha de tecidos amontoados, nada mais.

O Sandman vê a quarta isca diante do Boticário das Irmãs Bruxas e sopra um punhado de areia em seus olhos. Mas a boneca continua dependurada ali, balançando ao sabor da brisa da manhã. Posso ver a irritação vincando a testa da criatura, que tira a boneca da porta com um puxão, arrancando-lhe a cabeça de algodão e a jogando longe. Depois, segura o corpo inerte por um dos pés e o arrasta por vários metros, até avistar a quinta isca suspensa na teia de aranha. Ele larga a boneca sem cabeça e dispara em direção à teia. Mas não sopra areia em seus olhos logo de cara: em vez disso, põe-se a analisá-la com desconfiança, aproximando-se para tocar uma das mãos da boneca. Os lábios da criatura parecem se contorcer em um rosnado, e então deixa a mão da boneca cair de volta no lugar. Percebeu que é falsa.

Descobriu a isca. E em seguida ele a arranca da teia, rompendo vários fios cuidadosos da aranha, e então a joga no chão.

Fiquei parada por tempo demais. Eu deveria ter corrido para a fonte quando o ouvi encontrar a primeira boneca nas Árvores Uivantes. Deveria ter feito mais iscas. Mas agora já é tarde.

O Sandman se vira, esquadrinhando a praça da cidade, avançando lentamente — como se sentisse que está sendo observado. Tem alguma coisa errada. Ele avista a última Sally falsa empoleirada nos degraus da prefeitura e começa a se mover em direção a ela, mas não com a mesma urgência de quando encontrou as outras. Seu olhar se move para a esquerda, para a direita, e tenho que me embrenhar ainda mais fundo na sombra estreita que me serve de esconderijo, recolhendo braços e pernas. Se ele me encontrar, se não conseguir me fazer dormir

A RAINHA DO HALLOWEEN

como as bonecas falsas — já que a Areia dos Sonhos não vai ter o menor efeito em mim —, será que vai arrancar minha cabeça como fez com a isca? Costuras rasgadas e linhas rompidas, e minha cabeça não estará mais presa ao corpo.

Quando ele está a apenas alguns metros da última boneca, esgueiro uma perna para fora da sombra, depois a outra. Arrisco sair para a luz do sol.

Preciso agir depressa. Ou perderei minha chance.

Meu coração martela sem parar, a garganta seca. O Sandman se abaixa para examinar a boneca falsa, depois a cutuca com a ponta do dedo branco — desconfiado.

Esta é a minha chance. Corro pelo espaço aberto entre a mureta de pedra e a fonte. O sol lança seus raios sobre mim — o silêncio muito intenso, meus passos muito altos. Tudo se movendo em câmera lenta. Desabo no parapeito da fonte, a respiração trêmula no peito. Ofegante, entrecortada.

Talvez, se a sorte estiver do meu lado, ele não tenha me visto.

Espio por cima da fonte e vejo que o Sandman ainda está curvado sobre a última isca. Só tenho um segundo ou dois antes que ele a rasgue ao meio e venha procurar a boneca de pano verdadeira. *Eu.*

Retiro a rolha que tampa o frasco, o cheiro tão terrível que chego a torcer o nariz, sem querer respirar. Estendo o braço sobre o parapeito da fonte e despejo a poção verde-trevo na água. Faz um som borbulhante ao se misturar com o líquido já esverdeado sem deixar o menor rastro, exatamente como eu esperava.

O aroma pungente toma o ar, mas logo se dissipa com o vento, e torno a fechar o frasco com a rolha, respirando fundo.

Agora... só preciso atrair o Sandman para este lado da praça. Vou me equilibrar na beirada da fonte e acenar com os braços e gritar, e quando ele correr em minha direção, no último, último instante, saltarei para longe enquanto ele despenca na fonte. Simples assim. *Fácil.*

Espio por cima da borda de pedra, olhando para a prefeitura. A boneca falsa está exatamente como a deixei, descansando nos degraus, serena. Nenhuma costura rasgada, nenhum braço solto.

Mas o Sandman não está mais lá.

Uma sensação desconfortável rasteja pelo meu pescoço. *A sensação de estar sendo observada.*

Eu me viro de súbito, prendendo a respiração... e ali, a apenas alguns metros de distância, pairando logo acima do solo, está o Sandman.

Bem atrás de mim. Olhando-me de cima.

E não tenho para onde correr.

Sinto a cabeça latejar, a respiração entalada na garganta. *Não era para ser assim.*

Seus olhos são estreitos, escuros, a mão fechada em torno do punhado de areia. Já não entoa sua canção de ninar, já não tenta mais me embalar com palavras agradáveis. Estava me procurando, descobriu meu truque e agora finalmente me encontrou.

Há uma dureza afiada em seu olhar, uma fúria que não será facilmente aplacada; como se apenas roubar meus sonhos já não lhe bastasse. Ele vai querer me fazer sofrer. Vai querer me despedaçar e arrancar meu enchimento, ouvindo cada linha se romper, cada costura se abrir.

Dou um passo para trás, os calcanhares resvalando na borda da fonte.

Ele se aproxima; devagar, cauteloso. Dá para ver que não confia em mim. E quando está a apenas dois palmos de distância, ele zomba de mim.

— Garota ardilosa — diz o Sandman, a voz melodiosa, as sobrancelhas grossas e grisalhas arqueadas na testa. — Você finge que é boneca de pano, faz de conta de retalhos e linhas... — Ele estreita os olhos para mim, como se não conseguisse encontrar as palavras certas. Como se não estivesse acostumado a falar sem recorrer a enigmas e canções. — Onde esteve se escondendo?

Ele não sabe que fui atrás dele na Cidade dos Sonhos, que me aventurei pelo mundo dos humanos — que sou imune à Areia dos Sonhos. Ainda assim, engulo em seco e me inclino para longe dele. Mas já está muito perto agora, o manto branco macio roçando os paralelepípedos, espalhando-se como uma cortina molhada — e não tenho como obrigá-lo a entrar na fonte.

Eu tinha tanta certeza de que isso funcionaria — de que conseguiria salvar todo mundo, até mesmo o mundo dos humanos. Mas perdi a minha chance. Perdi o elemento surpresa.

Seus olhos cintilam em um tom terrível de branco, os tufos de cabelo espichados para cima, grisalhos e despenteados. A barba comprida, rala e emaranhada. Sufoco uma respiração ao ver a raiva estampada em seu olhar. Mas meu coração bate acelerado como se os ossos tentassem se soltar de minhas costelas, as pernas bambas, ameaçando ceder.

Ele levanta a mão em minha direção, estendendo a palma, a Areia dos Sonhos se derramando entre seus dedos como cachoeiras. Ele inspira longa e profundamente, as bochechas infladas como luas, depois sopra em uma rajada repentina, como o vento do norte.

Não recuo, não pisco. Permito que a areia me envolva como uma nuvem, salpicando-me o nariz, as bochechas, os cílios. Respiro fundo, sem um pingo de medo.

E por um breve segundo, me pergunto se meus pais poderiam ter se enganado: talvez a areia tenha efeito em mim. Passei grande parte da vida longe da Cidade dos Sonhos e talvez a proteção tenha se enfraquecido, e estarei fadada a mergulhar em um sono profundo e insondável. Adormecida por toda a eternidade.

Mas, quando os grãozinhos de areia chovem no chão ao meu redor, entranhando-se nas fendas da pedra, eu pisco e olho para o Sandman. Imune.

Ainda acordada.

Seu semblante se contorce em confusão.

— Não estou fingindo ser ninguém — declaro para ele. — Eu sou Sally, a Rainha das Abóboras.

Uma calidez invade meu peito agora, um misto de calor, raiva e fúria.

— Mas nasci na Cidade dos Sonhos — concluo.

As palavras parecem conjurar alguma coisa, um feitiço, um ritual ou uma canção de ninar para lançar os desejos nas estrelas e torná-los verdade. Sinto-me totalmente desperta de repente, viva, uma mulher que não é uma mera boneca de pano, mas uma governante que viajou para todos os reinos, até mesmo para o mundo dos humanos, para consertar as coisas. Uma mulher que sente uma faísca, uma ira irrompendo dentro do peito.

A boca do Sandman se contorce em uma carranca confusa, os olhos fixos em mim como se não soubesse se isto não passa de mais um truque — como se eu pudesse ser apenas mais uma boneca falsa, como as outras. Mas isso não é um ardil.

Sou a rainha deste reino e não vou permitir que esse monstro leve embora tudo que amo.

Uma sombra desliza por trás do Sandman, rápida e silenciosa, e trato de empertigar os ombros quando a *consciência* me atinge.

— Eu sou a única rainha que você não vai conseguir botar para dormir — digo a ele, os lábios crispados em uma linha fina ao pensar na rainha humana que encontrei na biblioteca.

Respiro fundo, me preparando.

A sombra se aproxima, disparando na direção do Sandman.

Zero.

Pedi que ficasse ao lado de Jack, mas ele veio assim mesmo. Talvez tenha percebido que havia algo de errado, que eu estava em perigo. Ou pode ser que tenha me seguido esse tempo todo.

Cerro os dentes, os olhos fixos no Sandman.

— Sou a rainha que vai deter você.

Zero se aproxima cada vez mais: *três metros, dois, um...* Fecho os olhos e despenco para o lado, chocando-me contra os paralelepípedos, sentindo as costuras rasgarem com o impacto, as linhas arrebentando. As folhas secas sobem até meu nariz, mas consigo virar a cabeça bem a tempo de observar o Sandman, os olhos tão arregalados que mais parecem seixos, logo antes de Zero atingir-lhe as costas, fazendo-o perder o equilíbrio e cambalear para a frente...

... antes de despencar de cabeça na fonte.

A água respinga para todos os lados, como quando o Garoto Cadáver pega impulso antes de se lançar com tudo na fonte.

E, no instante seguinte, o Sandman desaparece nas águas profundas.

Prendo a respiração. Atenta.
Apreensiva.
Zero corre para perto de mim e solta um ganido antes de afundar o focinho na minha bochecha.
— Eu estou bem — tranquilizo-o com um aceno de cabeça. — Obrigada.
Ele me salvou. Pouso a mão em seu pescoço, sentindo seu calor fantasmagórico sob a pele, e estou prestes a soltar um longo suspiro aliviado quando de repente a água se eleva sobre a borda da fonte, jorrando como uma onda crescente, quebrando antes de se dispersar. O Sandman emerge, cabelo e barba encharcados, a túnica branca agora manchada de verde.
E ainda acordado.
A poção não funcionou; não era forte o bastante.
Talvez se eu tivesse deixado em infusão por mais tempo, ou se tivesse acrescentado mais uma pitadinha de beladona venenosa...
O Sandman agarra a borda da fonte, os olhos fixos em mim, um murmúrio escapando de seus lábios — uma canção de ninar, uma sequência de palavras incompreensíveis.
Engulo em seco e rastejo para trás, tentando me levantar, mas meus pés não conseguem se firmar no chão. O pânico grita no meu peito. Preciso fugir. *Mas para onde posso correr? Para dentro da floresta? Preciso me esconder. Mas por quanto tempo?*
Para sempre.
Consigo ficar de pé e faço menção de seguir Zero, que já está fugindo em direção ao portão, prestes a se embrenhar pela floresta.

A RAINHA DO HALLOWEEN

Os olhos do Sandman tremulam brevemente. Outro murmúrio escapa de seus lábios, palavras que não consigo entender.

Corra, corra, corra, minha mente grita. Mas algo mantém meus pés enraizados no chão: uma curiosidade. Um pressentimento. E observo enquanto os olhos do Sandman se fecham e tornam a se abrir. *Abertos, fechados. Abertos, fechados.* Ele chega à borda da fonte, os braços dependurados na lateral, tentando se içar para fora. Mas não adianta.

Porque, no fim das contas, a poção era forte o bastante.

Com cuidado, dou um passo na direção dele — um sorriso surgindo nos cantos da minha boca.

Ele tenta falar uma última vez, mas não sai nenhum som, apenas uma expiração murmurante, e depois um último e lento abrir e fechar de olhos antes de ele tombar contra a borda de pedra da fonte.

O Sandman está completa e impossivelmente adormecido.

O Sandman ronca profundamente, metade do corpo estirada sobre a borda da fonte, o manto ensopado com a água esverdeada da poção, enquanto Zero fareja seu cabelo branco para se certificar de que está mesmo dormindo.

O alívio infla meu peito como um balão, tão grande que parece prestes a estourar. Zero volta flutuando para o meu lado, e acaricio seu pelo fantasmagórico, depois faço carinho atrás de suas orelhas.

— Bom menino.

Minhas entranhas são uma confusão de folhas emaranhadas e nervos à flor da pele, e sinto vontade de chorar, gritar e rir ao mesmo tempo. E, por mais estranho que pareça, também sinto vontade de cair no sono.

Coloquei o Sandman para dormir, mas não sei se isso quebrará qualquer feitiço de sono que ele tenha lançado em todas as cidades e até mesmo no mundo dos humanos. Eu o detive, mas não sei se consegui salvar alguém.

Estreito os olhos para esquadrinhar a praça da cidade e, além da fonte, através dos raios de sol reluzentes, vejo sinal de movimento.

Helgamine começa a se mexer, agita os longos dedos pontiagudos, depois torce o nariz. Nos degraus da prefeitura, o prefeito se levanta devagar, esfrega os olhos, depois gira o rosto carrancudo para esfregar o outro par. Os quatro irmãos vampiros se levantam, piscando para a terrível luz do dia, e o Príncipe Vampiro vira a cabeça para o lado, estalando o pescoço.

— Mas que péssima noite de sono — reclama ele, erguendo o guarda-chuva preto para proteger o rosto do sol.

— Tive sonhos terríveis — comenta Helgamine do outro lado da praça, parada diante do boticário enquanto ajuda Zeldaborn a se levantar. — Sonhei que perdemos todas as nossas verrugas e que dois belos príncipes se apaixonaram por nós.

— Eca! Que nojo! — exclama Zeldaborn. — Isso está mais para pesadelo.

— Mas, fora esse, não tive mais sonho nenhum — continua Helgamine, coçando a ponta do nariz comprido. — Era só escuridão.

— Também não consigo me lembrar de nenhum sonho — comenta Zeldaborn.

— Nem eu — diz o prefeito, rodopiando o rosto para revelar a carranca.

Por mais que estejam acordados, os moradores da Cidade do Halloween continuam com os olhos vidrados de sono, o corpo todo dolorido por dormir em posições estranhas. Eles cochicham sobre a escuridão que sentiram enquanto dormiam, a profunda sensação de cair em um abismo negro sem fim.

— Uma sensação pior do que a morte — comenta o Lobisomem, coçando uma das orelhas com a pata.

Agora que o Sandman está dormindo e não pode mais roubar seus sonhos, todos estão acordando.

As folhas do meu peito se agitam contra o tecido, e meus olhos se afastam do Sandman enquanto corro rua acima em direção ao meu lar, com Zero flutuando em meus calcanhares. Empurro o portão de ferro, subo os degraus de pedra e escancaro a porta da frente, deixando-a bater contra a parede. Subo a escada em espiral e encontro Jack em nosso quarto.

Mas... ele ainda está dormindo.

Eu me afundo ao lado dele na cama, tomando-lhe a mão na minha.

— Jack — chamo, um sussurro vindo do fundo da minha garganta. — Acorde.

Mas ele continua imóvel.

— Por favor... Jack.

Minhas mãos começam a tremer. *Não, não.* Todos os outros estão acordados. Por que ele continua dormindo?

Eu me inclino sobre ele, depois pressiono meus lábios aos seus.

— Por favor — murmuro, a boca colada na dele. — Não quero mais ficar sozinha.

Desta vez, porém, sinto seu corpo se mexer em resposta.

A mão de Jack aperta a minha, depois seus dedos se enroscam no meu longo cabelo de boneca de pano enquanto ele retribui o beijo.

As lágrimas escorrem por minhas bochechas e caem em seu rosto frio.

— Qual é o problema, minha esposa? — pergunta ele. — Por que está chorando?

A RAINHA DO HALLOWEEN

Ele enxuga as lágrimas com a ponta do dedo, mas elas continuam a cair na cama, cobrindo o cobertor como gotas de orvalho.

— Eu não sabia se você iria acordar.

Jack se levanta devagar, ainda segurando minha mão, e se inclina em direção à beirada da cama.

— Caí em um sono muito profundo, mas não tive sonho nenhum. E então... — Ele faz uma pausa, olhando para mim. — Comecei a ouvir sua voz em meio à escuridão. Me chamando.

Zero flutua ao redor da cama, soltando latidos alegres ao ver Jack acordado enquanto recebe um carinho de sua mão esquelética.

Tento enxugar as lágrimas, mas outras vêm para tomar seu lugar.

— Você dormiu por muitos dias — conto a Jack, quase me engasgando com as palavras.

Depois me viro para fitar a janela, relembrando tudo o que aconteceu desde a nossa lua de mel, todos os outros reinos que visitei, o tempo que passei na Cidade dos Sonhos. *Meus pais.*

— Aconteceu uma coisa — continuo baixinho. — Encontrei uma porta nova, além do bosque das sete árvores, e acabei a deixando aberta sem querer.

Vejo o brilho nos olhos de Jack quando ele afasta a mão de Zero.

— Você encontrou uma porta nova? Para onde ela dá?

Engulo em seco, um sofrimento novo entalado na garganta, e a sensação de perda que vem com ele.

— Leva a um lugar chamado Cidade dos Sonhos.

— Que maravilha!

Jack se levanta da cama, piscando para mim.

Mas trato de negar com a cabeça.

— Não é só isso... Eu deixei um monstro escapar... o Sandman — confesso. — Ele colocou todos vocês para dormir, incluindo as pessoas do mundo dos humanos. Ele estava roubando seus sonhos.

As lágrimas começam a se acumular atrás dos cílios, o tecido incapaz de contê-las.

— E eu era a única que ainda estava acordada, então fui para a Cidade dos Sonhos para tentar encontrar um jeito de deter o monstro. E aí... — As palavras se estilhaçam, me cortam de dentro para fora. — Jack, conheci meus pais... Eles são os governadores da Cidade dos Sonhos. E eu... eu nasci lá. Não sou uma criação do dr. Finkelstein. — Enxugo os olhos com o dorso da mão para afastar as lágrimas. — Ainda era uma garotinha quando ele me sequestrou e me trouxe aqui para a Cidade do Halloween.

A boca de Jack se curva para baixo abruptamente, a raiva crescendo dentro dele.

— Ele sequestrou você! — Seus olhos achatados se fixam na porta, como se estivesse prestes a sair correndo atrás do dr. Finkelstein. — Nunca confiei nele. Nunca gostei de como ele a tratou. Mas pensar que ele sequestrou você... — Sua expressão se suaviza um pouco, o olhar encontrando o meu. — Leve-me até a porta nova — pede ele. — Quero conhecer seus pais. Quero conhecer o lugar de onde você veio.

Meneio a cabeça outra vez, mais uma vez tomada pelo sofrimento — pela dor lancinante de encontrar meus pais de repente e depois perdê-los com a mesma rapidez, uma ferida ainda aberta em meu coração de linho.

— Eles estavam com medo de que o Sandman retornasse, então destruíram o bosque de árvores do reino. E a porta de entrada para o mundo dos humanos. — Fecho os olhos com força. — Nunca poderei voltar para lá, nunca mais verei meus pais.

A RAINHA DO HALLOWEEN

Jack me puxa de volta para seus braços, como se pudesse absorver a dor e tirá-la de mim. E sei que estaria disposta a fazer tudo de novo, mil vezes se fosse necessário. Estaria disposta a abandonar a Cidade dos Sonhos, sabendo que nunca mais poderia voltar, só para estar aqui com Jack, só para poder tocar seu rosto, sentir seus lábios gelados nos meus, ter uma vida com ele nesta cidade. Viver ao lado dele como a Rainha das Abóboras.

Esta é a vida que eu quero. Aquela pela qual estou disposta a sacrificar o que for.

Por fim, Jack se vira para me olhar.

— Onde está esse tal de Sandman agora?

— Coloquei-o para dormir — respondo, aninhada no peito de Jack. — Ele está na fonte.

— Voltou para cá sozinha para detê-lo?

Concordo com a cabeça.

— Eu precisava consertar as coisas.

Jack me puxa para ainda mais perto, como se estivesse com medo de me deixar ir.

— Você nos salvou — diz.

Mas nego com um aceno.

— Foi por minha causa que o Sandman colocou todo mundo para dormir. A culpa é toda minha. Esqueci a porta aberta. Eu o deixei entrar em nossa cidade e em todas as outras. Quase pus tudo a perder.

— Não — argumenta Jack. — Você salvou a Cidade do Halloween.

Ele me beija outra vez, me envolvendo em seus braços — o lugar onde quero permanecer por mil anos. Quando cheguei à Cidade dos Sonhos, ainda não sabia qual era meu lugar no mundo, onde era meu verdadeiro lar. Mas agora já sei. Às vezes, o lar pode ser uma cidade, uma casa com quatro paredes. Em outras, são dois olhos ocos em um crânio, um esqueleto sem batimentos cardíacos. Meu lar é aqui — não na Cidade dos Sonhos, não na Cidade do Halloween —, e sim nos braços de Jack.

Aninhada neste peito oco e esquelético.

Deixo as lágrimas verterem pelo meu rosto, deixo que elas nos unam, sal e água e tecido e osso. Partes costuradas de nós mesmos que se tornam uma coisa só.

Depois que o momento se prolonga por tanto tempo que chega a se afunilar, Jack enfim se afasta e diz:

— Leve-me até a árvore que você encontrou.

— Mas por quê? Não tem motivo — torno a dizer. — Não podemos viajar por meio dela.

Jack toca meu nariz com a ponta do dedo e sorri.

— Quero ver com meus próprios olhos.

Do lado de fora, uma multidão se reuniu em torno do Sandman, ainda adormecido contra a lateral da fonte de pedra — o ronco forte como um vendaval, chegando a sacudir as vidraças.

As Irmãs Bruxas futricam as vestes da criatura, como se estivessem cogitando afanar seu longo manto branco, enquanto Tranca, Choque e Rapa cutucam as costelas dele com um pedaço de pau. Os Irmãos Vampiros estão amontoados em círculo, discutindo o assunto aos cochichos, com seriedade. Algo precisa ser feito a respeito do corpo adormecido do Sandman.

Sinto uma onda de alívio ao ver os habitantes da Cidade do Halloween acordados depois de dias e mais dias condenados a um sono sem sonhos. Eu quis tanto fugir desta cidade, das pessoas que moram nela e de todas as minhas obrigações como rainha, mas agora um novo sentimento se agita atrás das minhas costelas — alegria. A sensação reverbera por mim, e percebo que não consigo imaginar uma vida sem as criaturas horripilantes desta cidade. São meus amigos, por mais medonhos que pareçam. São minha família.

Mas, antes de decidirmos o que deve ser feito com o Sandman adormecido, Jack e eu escapulimos para as fronteiras da cidade, para longe do monstro e da praça, atravessando a estreita ponte da ravina antes de adentrar a floresta espinhosa.

Quando chegamos ao bosque, conduzo Jack para um canto mais profundo da mata, onde a árvore da lua crescente assoma solitária em meio aos arbustos, afastada das outras sete. As trepadeiras e os espinhos ainda crescem ao redor, descontrolados, ameaçando cobrir a porta e ocultá-la por mais anos a fio.

— Você vem deste mundo? — quer saber Jack, apoiando a mão ossuda contra a porta. — Um lugar chamado Cidade dos Sonhos?

Zero paira ao meu lado, observando Jack.

Faço que sim com a cabeça.

— Isso.

Ele toca a maçaneta dourada, depois abre a porta. Prendo a respiração, *cheia de esperança*. Mas dentro só se vê um buraco oco. Escuro, sem vida. Sem sinal de brisa sonolenta ou do aroma de lavanda e chá de camomila.

O portal para a Cidade dos Sonhos foi perdido para sempre.

Jack fecha a porta, e o fiapo de esperança que eu tinha se arrebenta. Minúsculo e diminuto como uma pedra.

A porta está morta. Mesmo Jack não é capaz de restaurar o que foi derrubado e destruído. A conexão entre os dois mundos foi quebrada.

Não há como voltar atrás.

Nunca mais verei meus pais; sou uma filha perdida e depois encontrada. E agora perdida outra vez.

— Eu lamento tanto — diz Jack quando olha para mim, o semblante tomado pela tristeza, como se a perda lhe doesse tanto quanto a mim.

Em seguida, ele entrelaça os dedos nos meus e voltamos juntos pela floresta — os galhos rangendo e balançando acima, o uivo familiar no frio de fim de outono. Deixamos a árvore da lua crescente para trás.

Uma árvore insignificante onde antes havia um portal.

Atravessamos a ponte para o cemitério, passando pelo mausoléu de pedra por onde emergi do mundo dos humanos.

Jack se detém de repente, como se atravessado por um fantasma ou um pensamento.

— Como soube que todos estavam dormindo no mundo dos humanos? — pergunta-me ele.

— Vi com meus próprios olhos.

— Você foi até lá?

— Fui.

Esboço um sorriso.

Jack também sorri, travesso, como se não estivesse surpreso com minha coragem.

— Qual cidade?

— Não sei muito bem. Mas havia uma rainha, e ela era maravilhosa.

Lembro-me da sensação de sua mão sob a minha, da expressão nobre e honrada de suas feições na pintura.

— Ela estava dormindo — admito. — Mas imagino que seja igualmente maravilhosa quando está acordada.

A RAINHA DO HALLOWEEN

Jack solta minha mão e se põe a observar o mausoléu, os cantos cobertos por teias de aranha, a soleira abarrotada de folhas secas.

— É melhor irmos até lá conferir.

— Conferir o quê?

— Se a rainha está acordada. — Ele torna a olhar para mim. — Agora que você fez o Sandman dormir, precisamos garantir que o mundo dos humanos também esteja acordado.

Em seguida, estende a mão para mim.

— Você quer que eu vá junto? — pergunto.

Uma expressão estranha toma seu rosto, como se estivesse guardando um segredo.

— Sally, você viajou para mais reinos nestes últimos dias do que eu visitei em um ano. Acho que é você quem deve liderar o caminho.

Dou um passo à frente e estendo a mão para a porta. Jack e eu viajaremos juntos para o mundo dos humanos, para conferir se a rainha e seu povo estão acordados e, talvez, quando o Halloween chegar daqui a menos de uma semana, eu também vá junto. Nada de ser deixada para trás na noite de Halloween, esperando seu retorno. Celebraremos o dia juntos. Um rei e sua rainha.

Encosto na maçaneta da porta — a mesma porta que atravessei apenas algumas horas antes, sentindo o frio que nos aguarda do outro lado. O ar escuro do túmulo que nos engolirá. Mas, antes que eu faça menção de abrir, a porta se escancara de repente, empurrada na minha direção.

A lápide pesada range contra a terra, deixando escapar um vento gélido e sepulcral.

Zero começa a rosnar, como se outro vilão estivesse prestes a se esgueirar para o nosso mundo.

Cambaleio para trás, assustada, mas então me detenho, os olhos fixos na abertura escura enquanto uma figura surge, seguida de outra. Duas pessoas passam pela porta do mausoléu, emergindo em nosso cemitério.

Fico de queixo caído.

Nem pisco.

— O que é... — começa Jack, a perplexidade estampada nas linhas ossudas de sua testa.

As duas figuras saem para a luz do sol, espanando a poeira do corpo, como se tivessem enfrentado poucas e boas para chegar até aqui.

Diante de nós, parecendo um pouco assustados com o novo ambiente, estão os meus pais — bem no meio do cemitério da Cidade do Halloween.

— Sally? — chama minha mãe.

Sua voz oscila, depois se desfaz. E antes que eu consiga emitir qualquer som, ela já está se aproximando para me envolver em um abraço familiar. Os olhos marejados, a pele cheirando a lavanda fresca.

— Como é possível? — murmuro, o rosto aninhado em seu longo cabelo acobreado. — Achei que tivessem destruído a porta da biblioteca depois que saí.

Ela me segura com os braços estendidos, o lábio inferior tremendo enquanto olha para mim.

— Convencemos os outros a esperar — explica ela. — Se houvesse um jeito de deter o Sandman, tínhamos que lhe dar a chance de tentar.

— Já perdemos você uma vez. Não estávamos dispostos a passar por isso de novo — acrescenta meu pai, tocando meu braço enquanto ainda estou abraçada com minha mãe. — E percebemos que foi errado deixar você vir enfrentar o Sandman sozinha.

— Vocês vieram pelo mundo dos humanos — observo, os olhos arregalados, ainda tentando assimilar o fato de que meus pais estão mesmo aqui. — Estavam todos dormindo?

— Não — responde minha mãe. — Vimos um rapaz acordado no cemitério que usamos para chegar até aqui. Foi bem difícil evitar os olhares em plena luz do dia, mas demos um jeito.

Jack dá um passo à frente, os ombros empertigados, e estica o braço.

— Senhores governadores — começa ele. — Sou Jack Esqueleto, marido de Sally. É uma honra finalmente conhecer vocês dois.

Meu pai segura a mão de Jack, apertando-a com entusiasmo.

— Ah, o Rei das Abóboras — diz. — Que ótimo, que ótimo. — Mas a expressão do meu pai muda de repente. — Se você também está acordado... quer dizer que o Sandman...

Concordo com a cabeça.

— Ele está dormindo na praça da cidade.

— Tem certeza? — pergunta minha mãe, com um lampejo de esperança no olhar.

— Venham ver com seus próprios olhos.

19

Todos ainda estão reunidos em torno do Sandman na praça da cidade, cutucando-o e discutindo sobre o que deve ser feito.

— Atenção! — anuncia Jack quando nos aproximamos. — Estes são os pais de Sally, da Cidade dos Sonhos.

O rosto carrancudo do prefeito aparece, os dentes irregulares e os lábios pálidos.

— Cidade dos Sonhos? — repete ele. — Ora, mas esse lugar não existe. Do que está falando, Jack?

— Sally encontrou uma nova árvore enquanto estávamos dormindo — explica Jack, apontando para a floresta além das fronteiras da cidade. — Depois ela e o Zero colocaram o Sandman para dormir e nos salvaram.

As Irmãs Bruxas param de puxar o manto do Sandman enquanto me analisam de cima a baixo, como se não acreditassem que sou capaz de tal coisa.

— E, pelo jeito, Sally não é da Cidade do Halloween — continua Jack. — Ela veio da Cidade dos Sonhos.

A RAINHA DO HALLOWEEN

Uma onda de murmúrios surpresos se desprende da multidão. Zeldaborn desmaia, mas Helgamine nem faz menção de acudir a irmã antes que ela despenque no chão com um baque repentino. Palhaço cai de seu monociclo, Ciclope pisca seu único olho e Lobisomem inclina a cabeça para trás e uiva baixinho.

Atrás de mim, ouço o ranger do metal contra os paralelepípedos irregulares. Quando me viro, vejo o dr. Finkelstein tentando escapar da praça da cidade.

— Dr. Finkelstein! — grita Jack. — Não pense que pode fugir assim, sem mais nem menos. Ainda temos um assunto a tratar com você.

O homenzinho se detém abruptamente, a boca enrugada, e espia Jack por cima do ombro, a mandíbula se contraindo de nervosismo, enquanto meus pais olham feio para ele — a raiva estampada no semblante costurado dos dois. O dr. Finkelstein sabe que não lhe resta escapatória.

— Mas, antes disso — retoma Jack, voltando sua atenção para as criaturas ali reunidas —, precisamos decidir o que será feito com o Sandman. Não podemos deixá-lo dormindo no meio da fonte.

— Deveríamos atear fogo nele! — sugere Helgamine, levantando um dedo no ar.

— Não, quero fazer picadinho dele — intervém Behemoth, dando um passo à frente, as pálpebras imóveis, o machado afundado no topo de sua cabeça. — Ou jogá-lo de um penhasco.

Há vários acenos de concordância; todos parecem ter gostado da ideia.

— Isso, vamos arremessar o monstro de um penhasco para ele se espatifar lá embaixo! — acrescenta o Garoto Cadáver, os lábios curvados em um sorriso travesso.

A multidão desata a rir, adorando imaginar o Sandman achatado no chão.

Jack se aproxima do Sandman com vários passos longos e deliberados, observando a criatura adormecida.

— Ora essa, não podemos simplesmente matá-lo — diz.

— Podemos trancá-lo no laboratório do dr. Finkelstein! — grita o Palhaço de algum lugar ao fundo.

O dr. Finkelstein resmunga.

— Não tem lugar para ele. Vai ocupar muito espaço.

Mas, quando Jack lhe lança um olhar, o dr. Finkelstein trata de fechar a boca, percebendo que não está em posição de discutir. Não mais. Depois do que aconteceu, terá sorte se Jack permitir que continue morando em seu observatório em vez de mandá-lo dormir com os sapos no pântano.

Mas a multidão não parece muito empolgada com a ideia de simplesmente trancafiar o Sandman. Conversam aos cochichos, os ombros afundados; preferem escolher uma maneira mais inteligente e terrível de se livrar do monstro, para garantir que nunca volte a atormentar ninguém com seus feitiços do sono.

— E se fizermos um ensopado com ele? — sugere Zeldaborn, pondo-se de pé depois de se recuperar do desmaio. — Podemos preparar um grande banquete na véspera de Halloween.

— Não vamos comê-lo. — Jack nega com a cabeça. — Deve ter um gosto horrível.

Os Irmãos Vampiros concordam.

— Sem dúvida deve ter um gosto amargo — comenta o Príncipe Vampiro.

— Por favor, Jack! — implora o prefeito, levantando as mãozinhas. — Vamos tomar uma decisão o quanto antes para podermos tratar de outros assuntos. O Halloween está chegando. Não temos tempo a perder.

— Sim, claro — concorda Jack, coçando a testa.

— Talvez seja melhor fazer uma votação — continua o prefeito. — Para decidir o que deve ser feito com o Sandman. Arremessá-lo de um penhasco, trancafiá-lo no observatório ou... — Mas o prefeito não conclui a frase, interrompido por uma agitação na superfície da fonte. A água se enche de bolhas.

Todos dão um passo para trás.

Da superfície esverdeada emergem dois olhos amarelos, piscando, marejados. Uma mão membranosa se choca contra a borda, pingando. Mas é apenas a Criatura Submarina, que bate sua barbatana de sereia na lateral da mureta de pedra.

Ela gosta de tirar uma soneca nas profundezas da fonte, e devia estar tão lá no fundo que nem chegou a engolir a poção sonífera que derramei na água lodosa.

De repente, ela emerge da fonte, deslizando sobre os paralelepípedos.

— O que foi que eu perdi? — pergunta, olhando para o Sandman e passando a língua comprida por seus lábios azuis de peixe, como se o monstro fosse uma refeição apetitosa.

Mas Jack se põe diante do prefeito.

— O Sandman é propriedade da Cidade dos Sonhos. Então são eles que devem decidir o que será feito, não nós.

Jack acena com a cabeça para meus pais, e meu pai arqueia uma sobrancelha e observa a multidão de espectadores antes de responder:

— O penhasco nos parece uma opção razoável.

A multidão aplaude, os gritos de entusiasmo ecoando pelos telhados. Behemoth se move em direção à fonte, ansioso para tirar o Sandman da água. O zumbido de empolgação aumenta. A decisão está tomada: marcharemos juntos para o penhasco do pântano e nos livraremos do Sandman de uma vez por todas.

Mas fico me perguntando se ele merece mesmo este fim.

Repuxo a linha solta no meu punho. Sei muito bem que o que o Sandman fez é imperdoável, cruel e terrível, e se eu não o tivesse impedido, todos ainda estariam dormindo. E, ainda assim... sinto um tremor inexplicável no peito.

Behemoth cutuca o braço inerte do Sandman, prestes a erguê-lo, quando ouvimos um ruído gorgolejante. Uma respiração ofegante.

Em seguida, Behemoth espia os arredores, os olhos pastosos e confusos, sem saber de onde veio o som.

— Está acordando! — exclama Helgamine, apontando o dedo longo e retorcido para o Sandman.

As pálpebras da criatura tremelicam, os ombros arqueiam para trás. Não fomos rápidos o bastante. O efeito da poção já está passando.

Alguém grita e, de repente, a multidão vingativa começa a se dispersar. Ninguém quer ficar por perto para correr o risco de cair no sono outra vez.

Lobisomem, Behemoth e o Garoto Cadáver fogem em direção ao cemitério. Tranca, Choque e Rapa se demoram por mais um instante, curiosos sobre os balbucios do Sandman, antes que o prefeito os enxote para longe, junto com o Palhaço e o Ceifador. Os Irmãos Vampiros se esgueiram para as sombras e desaparecem em um piscar de olhos, enquanto as Irmãs Bruxas correm para o boticário, fechando a porta com força. A Criatura Submarina desliza pelos paralelepípedos em direção ao pântano nos arredores da cidade.

Mas Jack e eu continuamos ali. Assim como meus pais. Até mesmo Zero se recusa a fugir para se esconder na escuridão. Ficamos parados enquanto o Sandman começa a balbuciar, a voz embargada de sono, tentando recitar alguma canção de ninar há muito esquecida. Seus grandes olhos acinzentados se abrem, enevoados, e varrem os arredores como se ele tivesse perdido o senso de direção, como se já não soubesse onde estava. Mas de repente seu olhar se fixa em mim — afiado como um graveto pontiagudo.

Dou um passo cambaleante para trás.

Ele se lembra de mim — quem ele esteve procurando esse tempo todo. E agora estou aqui, a poucos metros de distância. Com os braços trêmulos, ele iça o corpo até ficar de pé — os movimentos vagarosos — e sair da fonte, a água esverdeada escorrendo do manto branco. Mas seu olhar permanece fixo em mim, armando o bote, e sei que ele vai me atacar. Vai tentar me rasgar em pedacinhos, sem deixar nada para trás, e então vai percorrer a Cidade do Halloween para mergulhar todos em um sono profundo outra vez.

Prendo a respiração, as folhas martelando sob as costelas.

Mas Jack caminha em direção à fonte, colocando-se entre mim e o Sandman.

Minha cabeça começa a fervilhar, calculando quanto tempo demoraria para colher mais ervas e preparar outra poção, e como conseguiríamos enganá-lo outra vez. *Mas já é tarde demais.*

Mas, quando me viro para olhar o Sandman, percebo que algo parece... estranho. A escuridão ao redor de seus olhos se foi, as sombras enrugadas de suas feições se dissiparam. Alguma coisa mudou.

Passo por Jack, e o Sandman espreguiça os braços, solta um bocejo, depois estala o pescoço para um lado e para outro, pigarreando.

— Então essa é a sensação de cair no sono? — pergunta. — Mas que maravilha!

Lanço um olhar perplexo para os meus pais, mas eles parecem tão surpresos quanto eu. Sem saber como agir.

Meu pai dá um passo à frente, cheio de dedos.

— Sandman? — chama, os olhos semicerrados.

— Ah, Albert — responde o Sandman em tom normal, sem recorrer a canções de ninar de língua afiada. — É bom ver você. Como você esteve?

— Nós, hum... — Meu pai hesita, coçando a cabeça, depois recomeça, como se nunca tivesse ouvido o Sandman falar assim e não soubesse muito bem como responder. — Você está diferente — diz ele por fim.

O Sandman arqueia as sobrancelhas espessas.

— Eu me *sinto* diferente — concorda ele, alisando a longa barba branca com a mão. — Estou me sentindo estranhamente... revigorado. E... — Ele deixa cair a mão, as sobrancelhas franzidas enquanto mede suas palavras. — Acho que cheguei até a sonhar. Nunca tive meus próprios sonhos. E foi... maravilhoso.

— Você colocou todo mundo para dormir no mundo dos humanos — declara meu pai, com um meneio da cabeça. — E nos reinos das celebrações.

— Ah, é? — pergunta o Sandman, estreitando os olhos, como se estivesse tentando se lembrar. — Eu estava tão desesperado por sonhos depois de passar tantos anos isolado na floresta que acho que acabei exagerando um pouquinho.

Seu tom parece tímido, quase envergonhado. Como se tivesse sido flagrado roubando biscoitinhos de açúcar antes do jantar, ou deixando pegadas sujas de lama em um chão limpinho.

Minha mãe estreita os olhos, observando o Sandman.

— Não tivemos alternativa a não ser banir você — declara ela secamente, sem um pingo de bondade em suas palavras. — Não podíamos permitir que continuasse roubando sonhos.

O Sandman assente com a cabeça, a areia vazando dos bolsos.

— Entendo. Mas parece... — Ele tamborila a têmpora com o dedo. — Não sinto mais a mesma fome de sonhos de antes. — Em seguida, pousa os olhos em mim. — Eu nunca tinha dormido, nunca tirei sequer um cochilinho no meio da tarde. — Então boceja outra vez, como se recordasse todos aqueles anos sem dormir, séculos garantindo o sono dos outros, mas sem nunca descansar. — Mas agora que já dormi, pude ver meus *próprios* sonhos, e foi... bem, foi esplêndido.

Jack inclina a cabeça para o Sandman.

— Você poderia simplesmente ter ido dormir — declara sem rodeios. — Em vez de roubar os sonhos dos outros.

O Sandman engole em seco, endireitando os ombros.

— A Areia dos Sonhos não funciona em mim. Nenhum dos remédios tradicionais funciona. Mas você... — Seus olhos voltam a pousar em mim, brancos como nuvem. — *Você* conseguiu me fazer dormir.

Sua voz fica embargada de emoção; não raiva, e sim outra coisa: gratidão.

— Nunca imaginei que pudesse ter meus próprios sonhos. E agora me sinto... — Ele endireita os ombros outra vez. — Eu me sinto melhor do que nunca. Com uma lucidez tremenda. É assim que todo mundo se sente depois de dormir?

Seu olhar recai nos meus pais, depois volta para mim.

— Às vezes — respondo com cautela, ainda sem saber se podemos confiar nele.

Pode ser algum truque, como minhas iscas, e a qualquer momento ele pode se lançar para a frente e soprar um punhado de areia no rosto de Jack.

Mas então os lábios do Sandman se curvam para baixo, os olhos fixos no chão.

— Espero que todos vocês possam me perdoar por roubar seus sonhos. — Ele avança e estende a mão para Jack. — Sem ressentimentos?

Mas Jack não retribui o gesto.

— Sally é quem merece um pedido de desculpas — esclarece ele. — Ela viajou por todos os reinos, e até mesmo para o mundo dos humanos, para tentar encontrar um meio de detê-lo.

O Sandman volta a olhar para mim outra vez, a barba comprida pendendo do queixo, as feições dotadas de uma suavidade que não estava ali antes. Não é o Sandman que me caçou, que destroçou as bonecas de pano falsas, que provavelmente teria feito o mesmo comigo se tivesse a chance.

— Minhas mais sinceras desculpas — diz ele agora, a voz baixa e cheia de remorso. — Mas preciso lhe agradecer por me fazer dormir. Ter meus próprios sonhos foi muito mais satisfatório do que roubar os dos outros.

Zero flutua ao meu lado, rosnando; ele ainda não gosta que o Sandman chegue tão perto de mim. Mas posso ver no rosto dos meus pais que este já não é mais o Sandman de que se lembram, o monstro que eles baniram para a floresta nos arredores da Cidade dos Sonhos. Na verdade, ele chega a parecer inocente, inofensivo, apenas um homem de cabelo e barba grisalhos com bolsos cheios de areia e um ar sonhador no olhar.

Talvez ele não fosse o vilão da história, afinal. Só precisava de uma boa soneca. Como uma criança rabugenta que comeu tanto doce que não consegue dormir.

— Você não pode mais roubar sonhos — aviso a ele. — Ou teremos que fazer algo muito pior do que simplesmente bani-lo para uma floresta.

O Sandman concorda com a cabeça, a areia ainda vazando de seus bolsos, escorrendo da ponta dos dedos.

— Combinado. Mas antes você precisa me passar a receita desse seu tônico para dormir. Assim eu posso tirar uma sonequinha de vez em quando e ter meus próprios sonhos.

Seu rosto é suave e sonhador, e não há nem sinal da expressão selvagem e ranzinza que maculava suas feições horas antes.

— Combinado — concordo.

Mas quando estendo a mão, o Sandman não a aperta. Em vez disso, ele me puxa para um abraço apertado, envolvendo-me com seus braços calorosos.

20

No dia seguinte, Jack convoca o dr. Finkelstein à prefeitura e o cientista admite, na frente de todo mundo, até mesmo dos meus pais, que me roubou da casa deles na Cidade dos Sonhos.

— Eu estava desesperado — conta ele, a boca trêmula, os olhinhos minúsculos piscando sem parar. — Fui me aventurar pela floresta muitos anos atrás, quando era muito mais jovem — continua, estremecendo a cada palavra. — Eu tinha um livro sobre os outros reinos, e já tinha ouvido falar de algo chamado *Areia dos Sonhos*. E aí... — Sua voz se esvai, falhando, depois recomeça. — Eu só queria coletar algumas amostras para conduzir meus estudos, meus experimentos, entender do que era feita. Mas, quando cheguei na Cidade dos Sonhos, dei de cara com Sally... uma boneca de pano viva. Eu nunca tinha visto nada igual. Já tinha tentado criar uma filha para mim tantas vezes, trazê-la à vida com linha e agulha, mas meus experimentos sempre deram errado. — Ele meneia a cabeça, o suor escorrendo por sua têmpora. — Aí imaginei que se eu arrebatasse Sally e dissesse a todos que ela era *minha* criação, isso provaria meu valor como cientista... e eu finalmente seria respeitado por minhas invenções.

Jack olha feio para o dr. Finkelstein.

— E nunca cogitou mencionar a entrada para a Cidade dos Sonhos, nunca pensou em contar que descobriu um portal para um reino antigo anos e anos atrás?

— Eu... — Os olhos do dr. Finkelstein se desviam de Jack, indo pousar nas mãozinhas acomodadas em seu colo. — Eu não queria que ninguém soubesse de onde Sally vinha. Então escondi a porta da Cidade dos Sonhos e nunca revelei sua localização a ninguém. — Ele retorce as mãos. — Dei a Sally uma poção do esquecimento feita com asas de morcego e água do pântano — admite. — Por isso ela se esqueceu de seu lar.

Jack cerra os dentes, furioso, depois aponta um dedo longo e ossudo na cara do dr. Finkelstein, e posso ouvir o cientista engolindo em seco, o estalido nervoso no fundo da garganta.

— Condeno você a cem anos de serviço comunitário na Cidade dos Sonhos — anuncia Jack, a voz retumbando pelo teto da prefeitura. — E também deve permitir que Sally tenha acesso ilimitado ao seu laboratório e ao seu jardim, para preparar poções e fazer experimentos, até o fim dos tempos.

O dr. Finkelstein faz menção de protestar, mas basta um olhar de Jack para que ele feche a boca. Em seguida, o cientista concorda com um aceno dócil — talvez percebendo que não há nada que ele possa dizer para mudar a opinião de Jack —, e em seguida, sem dizer mais nada, sem sequer olhar na minha direção, o dr. Finkelstein sai da prefeitura, o queixo afundado no peito, os olhos arregalados.

Meus pais vão logo atrás, mais do que contentes em acompanhá-lo de volta à Cidade dos Sonhos, onde começará a cumprir sua pena. Cem anos de serviço comunitário para compensar seus feitos. E, depois de cem anos, imagino que Jack pode chegar a bani-lo para o pântano ou para os campos selvagens nos arredores da cidade. Sua fúria contra o dr. Finkelstein não será facilmente saciada.

Eu, por minha vez, estou aliviada por enfim descobrir a verdade, de uma vez por todas. Nunca fui uma criação do dr. Finkelstein. Não fui costurada e remendada na escuridão de seu laboratório. Sou uma boneca de pano nascida na Cidade dos Sonhos.

E agora, com o dia quase chegando ao fim, faltando menos de uma semana para o Halloween, Jack me pega pela mão e juntos retornamos para a floresta, para o bosque das sete árvores. Passamos por cada porta para ter certeza de que a maldição do sono do Sandman foi quebrada.

Na Cidade de São Patrício, encontramos os moradores teimosos e alegres todos acordados — o leprechaun com quem conversei dias antes ainda em busca de seu pote de ouro, as nuvens carregadas se estendendo ao longe enquanto o arco-íris cintila acima da copa das árvores.

Na Cidade dos Namorados, a Rainha Ruby segue atarefada pelas ruas, certificando-se de que os mestres chocolateiros estejam preparando trufas aveludadas e suspiros de cereja, tentando compensar pelo tempo perdido, enquanto os cupidos ainda voam em bandos pela cidade, selvagens e inquietos.

Os coelhos voltaram a pintar seus ovos em tons pastel na Cidade da Páscoa. Os habitantes da Cidade do Dia da Independência estão testando novos estalinhos e fogos de artifício coloridos em formato de coroa, em homenagem à Rainha das Abóboras que os salvou de uma vida condenada a um sono sem sonhos. Na Cidade do Dia de Ação de Graças, todos estão se preparando para o banquete da próxima estação, e os duendes da Cidade do Natal voltaram a embalar presentes e assar biscoitinhos de pão de mel polvilhados com açúcar de confeiteiro.

E na Cidade do Halloween, temos que nos apressar para terminar os preparativos para a festa: teias de aranha entrelaçadas, abóboras esculpidas e velas de alcatrão acesas.

Na noite da festa de Halloween, uso um vestido preto que costurei com o chiffon das Irmãs Bruxas e uma coroa feita de ferro forjado e penas de pomba da Cidade dos Namorados.

Fico de frente para o espelho, alisando o tecido sedoso ao redor das minhas costelas, ainda me sentindo eu mesma — uma boneca de pano, que também é uma rainha. Repuxo a linha solta em meu punho, movida pelo hábito, mas sob a costura sinto a maciez do algodão, não o farfalhar de folhas secas.

Quando nasci, meu enchimento era feito de algodão inflado — direto das plantações da Cidade dos Sonhos. Quando o dr. Finkelstein me sequestrou, porém, substituiu o algodão por folhas secas; ele não queria nenhum vestígio do lugar de onde realmente vim. Mas agora me enchi de ambos: algodão e folhas mortas. Porque embora eu seja a rainha da Cidade do Halloween, também sou filha da Cidade dos Sonhos. Feita de pesadelos *e* sonhos. Uma pitada de cada.

Rodopio sem sair do lugar, inspecionando cada ponto e linha antes de ir ao encontro de Jack, que está à minha espera lá embaixo. Sei que não pareço com a visão que as Irmãs Bruxas têm de uma rainha, e sei que não sou tão elegante quanto a Rainha Ruby ou tão majestosa quanto a Rainha Elizabeth II.

Mas a verdade é que não sou como a rainha de nenhum outro reino ou país.

Eu sou Sally, a Rainha das Abóboras.

EPÍLOGO

J ACK E EU ATRAVESSAMOS A FLORESTA DE MÃOS DADAS. À medida que nos aproximamos do bosque das sete árvores, penso em como este lugar parecia assustador e peculiar, como eu estava hesitante na primeira vez que estive aqui, mas agora parece tão familiar quanto qualquer outro cantinho da Cidade do Halloween. Agora é uma passagem, um lugar que abriga um portal para minha terra natal.

Meus pais reconstruíram o bosque de árvores na Cidade dos Sonhos, plantando mudas daquelas que foram cortadas. Os brotos cresceram mais rápido do que o esperado, pois há uma magia antiga em suas raízes e, em questão de dias, o bosque foi restaurado e as portas foram abertas.

Agora nossos dois mundos estão interligados, e acabamos de ter nosso primeiro Encontro de Todos os Reinos, onde os governantes de cada mundo se reuniram na Cidade do Halloween para discutir uma porção de assuntos relacionados às celebrações — como anos bissextos e previsões meteorológicas e mudanças

A RAINHA DO HALLOWEEN

climáticas que afetam nossa capacidade de visitar o mundo dos humanos.

Em vez de se isolar, agora os reinos trabalham juntos.

Na Cidade do Halloween, abrimos até uma Pousada Mal-Assombrada, onde os visitantes de outros reinos podem vir passar uns dias, inspirada nos chalés onde Jack e eu nos hospedamos durante nossa lua de mel. Os corredores são apinhados de fantasmas uivantes e correntes barulhentas, o que torna maravilhosamente impossível pregar o olho. Ruby passou apenas uma noite na pousada, mas já jurou que nunca mais vai pisar lá.

Bem diante da pousada, do outro lado da rua, abri um pequeno café onde os moradores podem bebericar lattes de cacau, devorar tortinhas de framboesa assadas na Cidade dos Namorados e saborear caramelos de laranja que, de acordo com os resmungos de Helgamine e Zeldaborn, vivem grudando nos poucos dentes que lhes restam — mas elas não conseguem viver sem.

Lobisomem e Behemoth se encontram todas as tardes para tomar um bule de chá de rosas negras, segurando as xícaras com delicadeza entre as pontas das garras afiadas enquanto mordiscam suspiros de coco. Até mesmo meu tônico para dormir está à venda no café — em uma dose muito mais branda do que a do Sandman, que ainda dá uma passadinha para reabastecer seu estoque de vez em quando — aromatizado com lavanda e camomila, flores colhidas na Cidade dos Sonhos.

A Rainha Ruby visita nossa cidade com frequência, e sempre nos acomodamos em uma das mesinhas do café para admirar o pôr do sol, duas rainhas bebericando chá e devorando caramelos enluarados.

No Dia dos Namorados, seus cupidos voam em bando sobre a Cidade do Halloween, lançando suas flechas nos moradores desavisados. O Príncipe Vampiro chegou a se apaixonar pelo Sr. Hyde, e Zeldaborn ficou caidinha pelo prefeito.

Os reinos das celebrações tornaram-se uma coisa só.

E esta noite, Jack e eu caminhamos pela floresta, a caminho da Cidade dos Sonhos para jantar com meus pais na casa de minha infância, onde eles certamente nos mandarão de volta carregados de Areia dos Sonhos e livros da Biblioteca das Canções de Ninar para ajudar as crianças macabras da Cidade do Halloween a caírem no sono.

Alcançamos o bosque das sete árvores, mas nos embrenhamos ainda mais fundo na floresta escura, até chegar à árvore de lua crescente que assoma solitária. Uma árvore que esteve escondida por muito tempo. Uma árvore que abriga uma porta para uma das minhas casas.

Mas, quando Jack toca a maçaneta, Zero começa a cavoucar nas videiras emaranhadas além da árvore solitária, afastando a samambaia e o musgo — assim como ele fez no dia em que encontramos a porta de lua crescente.

Solto a mão de Jack e chego mais perto de Zero, tentando ver...

— Tem algo escondido aqui — declaro.

Algo além.

Juntos, Jack e eu começamos a desemaranhar o matagal, arrancando gavinhas secas e arbustos espinhosos. E, por fim, recuamos para avaliar a nossa descoberta.

Não existe uma única árvore com um portal para um reino antigo.

Há um pomar inteiro. Escondido, enfurnado.

Fileiras e mais fileiras de árvores mágicas e desconhecidas. Passagens para cidades antigas e há muito esquecidas.

Pai Tempo.

Velho Inverno.

Fada dos Dentes.

Mundos incontáveis, lugares que nunca soubemos que existiam.

Abro um sorriso, e Jack me puxa para perto.

Uma rainha e seu rei.

E eu sei, com uma certeza que está entrelaçada nos meus ossos de linho, que vamos passar a vida inteira — Jack e eu, lado a lado — atravessando portas que levam a outras portas, esculpidas em árvores antigas e retorcidas.

Terras a serem exploradas, aventuras a serem vividas.

Mas sempre juntos.

Porque não existe desperdício maior do que uma vida não vivida. E eu pretendo viver a minha. Plenamente. Livre das regras dos outros. Rainha ou não, todos nós merecemos estas coisas. Liberdade. Esperança. Uma chance de descobrir quem realmente somos.

Jack aperta minha mão e sorri para mim.

— Pois bem, minha rainha. Para onde vamos?

AGRADECIMENTOS

ESTE LIVRO NÃO EXISTIRIA SEM A MENTE BRILHANTE DE Tim Burton. Como muitos de vocês, tive uma experiência intensa com *O estranho mundo de Jack*. Não apenas assisti ao filme, eu mergulhei de cabeça nele, me perdendo nos corredores escuros e sombrios da Cidade do Halloween. Também como muitos de vocês, sempre senti que Sally merecia sua própria história. Ela esperou muito tempo para isso, mas sou bastante grata a Tim e à equipe da Disney por confiarem em mim para contar a história da boneca de pano.

Nunca teria sonhado que este livro fosse possível se não fosse por minha editora, Elana Cohen, que teve uma ideia para a história e resolveu perguntar se eu tinha interesse em escrevê-la. Obrigada, Elana, por embarcar nessa aventura sombria e sinuosa comigo. E por todas as ligações para falar sobre buracos na trama e discutir detalhes do Sandman. Serei eternamente grata a você.

Agradeço a Holly Rice por enxergar a magia nesta história e por levá-la até a linha de chegada — sou muito grata por este livro ter chegado às suas mãos. Obrigada, Lauren Burniac, por discutir ideias comigo desde o início. Sou grata a todas as pessoas na Disney e além que trabalharam neste livro: Dale Kennedy, Sarah Huck, Emily Shartle, Manny Mederos, Soyoung Kim, Jennifer Black, Tim Retzlaff e Lyssa Hurvitz.

Sou muito grata a Jess, que me agencia, por tocar o barco! Obrigada, Kristin Dwyer, por ser muito mais do que uma publicitária, e por sempre me fazer rir.

Agradeço a Christie e Island pelos detalhes e pesquisas relacionados a Londres, e por perambularem por cemitérios assustadores e me enviarem vídeos de catacumbas enquanto eu escrevia as cenas dos livros — duas das pessoas mais corajosas que já conheci. Agradeço a Heidi Spear por sua amizade e apoio, e por me agraciar com ilustrações de Edward Gorey para inspirar minha escrita — seu timing é impecável. Sou grata a Adrienne Young por me guiar nesta jornada selvagem, e a Dawn Kurtagich por seu apoio ilimitado e por sua "vibe" assustadora.

Aos meus pais, muito obrigada por amarem as histórias de Tim Burton tanto quanto eu. Obrigada por me deixarem ver *O estranho mundo de Jack* tantas vezes durante a infância que a fita VHS chegou a quebrar e ser remendada algumas dezenas de vezes.

Sky, você é minha pessoa favorita.

A quem está lendo este livro: obrigada por me acompanhar nesta jornada pelo bosque das sete árvores, por reimaginar Sally ao meu lado. Esta história pertence a você.